Was Ihr nicht seht
Kurzgeschichten

Thomas Märtens

Die Handlungsorte in den nachfolgenden Kurzgeschichten sind zum großen Teil reine Fiktion. Auch die Personen wurden frei erfunden. Etwaige Ähnlichkeiten oder tatsächliche Übereinstimmungen mit lebenden oder bereits verstorbenen Menschen wären rein zufällig und waren zu keiner Zeit beabsichtigt. Alle Handlungsstränge sind nur ausgedacht.

Bibliografische Information der Deutschen Nationalbibliothek:
Die Deutsche Nationalbibliothek verzeichnet diese Publikation in der deutschen Nationalbibliografie; detaillierte bibliografische Daten sind im Internet über http://dnb.dnb.de abrufbar.

1. Auflage

Covergestaltung: Thomas Märtens
Lektorat: Jörg Bayer
Herstellung und Verlag: BoD – Books on Demand, Norderstedt

ISBN: 9783752686227

Inhalt:

Vorwort

Der Chef eines umsatzstarken mittelständischen Unternehmens hat Geburtstag, muss schon nach dem Aufstehen am frühen Morgen feststellen, dass es seine Gattin und auch die beiden Töchter nicht zu interessieren scheint. In seiner Firma geht es genauso weiter, denn kein Schwein gratuliert ihm. Nicht einmal seine äußerst attraktive Sekretärin, die seinen Ehrentag eigentlich kennen sollte und in der Vergangenheit immer darauf geachtet hatte. Vollkommen vergrätzt gibt er aus seiner Enttäuschung heraus und zur Besänftigung seiner geschundenen Seele einem langen, inneren Wunsch nach und führt seine hübsche Bürochefin zum Mittagessen aus, zumal sie aufgrund ihrer Erscheinung so manchen seiner Träume mit Leben erfüllt hatte. Das aber hätte er besser nicht getan, denn jetzt entfesselt sich eine Ereigniskette, der er zuletzt wahrlich entblößt und hilflos gegenüber steht. In diesem Sinne also *Happy Birthday*.

Wer glaubt, dass Verkehrsstaus nervtötend sind und wahnsinnig machen können, kennt die reichlich verrückte Bande nicht, von der in der Geschichte *Der Stau* die Rede ist. Diese seltsame Truppe verbringt ihre Wochenenden auf den deutschen Autobahnen, eilen zu jedem größeren Stillstand der oft endlosen Blechlawinen, um

Partys zu feiern. Gönnen Sie sich einen kleinen Einblick, wie kurios ein solches Hobby sein kann, wenn man (oder Frau) die Situation nur aus einem Blickwinkel betrachtet.

Sophie ist Dozentin an einer Universität, eine hochanständige, sehr qualifizierte und bei ihren Studenten äußerst beliebt. Bei einem Stadtbummel wird ihr Handy geklaut. Ohne es besser wissen zu können, begeht sie einen entscheidenden Fehler, in dem sie den Verlust nicht bei der Polizei zur Anzeige bringt. Dadurch gerät sie in einen Malstrom von dramatischen Ereignissen, der ihr gesamtes Leben aus der Umlaufbahn katapultiert und sie in Untersuchungshaft bringt.

Lisa und Andrè haben die Schnauze voll von diesem total rücksichtslosen Unrechtsregime der DDR, das ihnen die Möglichkeit auf ein freies Leben verbietet. Also bereiten sie ihre Flucht vor, machen sich auf den Weg an die Elbe, um über den Fluss in das nahe Niedersachsen zu schwimmen. Den Tipp dieser angeblich sicheren Stelle, schwimmend in die Freiheit zu gelangen, bekamen sie von einem vertrauenswürdigen Freund. Als sie auf abenteuerlichem Weg das Ufer des sanft dahinfließenden Grenzflusses erreichen, treffen sie auf Hannes, Lisas Ex-Freund, der dort als Grenzsoldat seinen einjährigen Militärdienst ableistet. Ob seine Eifersucht über die verlorene Liebe und ihrem neuen Freund den Weg in die Freiheit verhindert, und was es mit dem Geisterdorf auf sich hat, erzählt die gleichnamige, spannende Geschichte.

Theodor van Hayden ist *Der Richter* am Amtsgericht einer Kleinstadt und steht vor der Eröffnung seiner letzten Verhandlung, da er am Ende des Tages seinen aktiven Dienst beenden wird. Folgen wir seinem philosophischen und sehr unterhaltsamen Gedankengang, als er vor Verhandlungsbeginn die anwesenden Verfahrensbeteiligten und ihre Rollen noch einmal mit scharfem Blick und wachem Geist betrachtet. Zuletzt wird er feststellen, dass es eine bestimmte Person gab, die er in seinen langen und anstrengenden Berufsjahren viel zu oft vermisste.

Da sind drei ältere, mordlustige aristokratische Schwestern, die sich alle Jahre wieder den Luxus gönnen, jeweils im Herbst einen jungen, männlichen Angestellten nicht nur für verschiedene gesellschaftlichen Anlässe, sondern auch zu ihrer künstlerischen Beratung einzustellen, um ihn dann immer zum Weihnachtsfest abzumurksen und auf Nimmerwiedersehen zu entsorgen. Dann aber geraten sie an Tim Bergheim und woher bitteschön sollte das *Trio Infernale* auch wissen, dass sie sich mit ihm eine Laus in den eigenen Pelz gesetzt haben.

Tauchen Sie ein in das gleichermaßen ungewöhnliche wie unterhaltsame Kabinett dieser Stories, aber auch in weitere seltsame, skurrile, launige und spannende Abenteuer, die sich in diesem Kurzgeschichtenband finden und sehen Sie, wie auf jeweils nur wenigen Seiten komplexe Erzählstränge miteinander verknüpft werden und zu teils kuriosen Wendungen führen.

Was Ihr nicht seht

Es war eine warme und wolkenlose Nacht, als John Miles rücklings im Gras lag und hinauf in den von Sternen übersäten Himmel blickte. Mitternacht war längst vorüber und um ihn herum herrschte absolute Stille. Nichts rührte sich, kein Lüftchen wehte und die Welt um ihn herum war in dieser Stunde so friedlich, wie sie friedlicher nicht sein konnte. Wie so oft lag John seit dem späten Abend ganz allein weit draußen, fernab von Kansas City in den Wiesen der schier unendlichen *Great Plains* und tat das, was er schon seit seiner frühen Kindheit so gern und immer wieder getan hatte. Er betrachtete die Sterne. Stumm, reglos, zutiefst entspannt.

Das sich über ihm ausbreitende Universum wirkte auf ihn schon immer wie ein heftiger Wasserstrudel, der alles mit sich riss, was in seine Nähe kam. John brauchte nur alles Denken abschalten und nach oben schauen, um von diesem Sog erfasst zu werden und hinauf zu schweben, tief in die Dunkelheit zwischen den so wunderbar funkelnden Lichtern.

Da war der rote Mars. Er war immer der am tiefsten, dicht über dem Horizont stehende, rötlich leuchtende Stern. Die Venus, die auch Nordstern genannt wurde, mochte er besonders gern. Sie war am Abend als Erstes zu sehen und verschwand zuletzt, wenn der

Morgen bereits dämmerte. Während ihrer sichtbaren Stunden leuchtete sie, als gäbe es kein Morgen mehr, als ginge es um das finale Schimmern vor dem letzten Tag des Seins. Der Große und Kleine Wagen, Kassiopeia, die Plejaden. John kannte sie alle und fand im ewigen Schweigen der Sternbilder eine ihn mit Spannung erfüllende Unterhaltung. Und dann der Mond, der mit seiner beständigen Ruhe und Stille eine geradezu hypnotische Wirkung auf ihn ausübte. Irgendwann begann er sich damit zu beschäftigen, ob es tatsächlich auch anderes Leben da draußen gäbe und wie Wesen in anderen kosmischen Bereichen aussehen könnten. Er beschäftigte sich zunehmend mit der Suche nach Exoplaneten, den erdähnlichen Himmelskörpern, auf denen so etwas zu vermuten war. Zuletzt ergab er sich aber immer wieder der nüchternen Erkenntnis, dass er wohl zu früh geboren wurde, um vielleicht einer Begegnung der dritten Art mit außerirdischen Wesen erleben zu können. Im Grunde wäre er ja auch schon zufrieden gewesen, von wissenschaftlich nachweisbarem, extraterrestrischem Existenzen zu erfahren.

»Aber wie soll das geschehen? Wie sollen wir innerhalb unserer Lebenszeit dorthin fliegen und den auf der Erde lebenden Menschheit von den Erlebnissen berichten können. Vielleicht schaffen wir das in einigen hundert Jahren«, sagte er leise vor sich hin und fühlte mit Genies aus früheren Epochen, wie zum Beispiel *da Vinci*, *Galileo* aber auch dem Mathematiker *Karl Leibnitz*.

Letzterer hatte in Ermangelung schneller Rechenmaschinen unser mathematisches System revolutioniert, in dem er es auf seine geringsten Einheiten reduzierte, so das duale Rechensystem erfunden und bereits im achtzehnten Jahrhundert die Grundlage für das Funktionieren unserer heutigen Computer geschaffen hatte.

Es braucht noch viele solcher Geister, damit wir uns in ferner Zukunft auf die Reise machen können, ging es ihm häufig durch den Kopf.

Aus John's kindlicher Bewunderung wurde - wie es nicht anders erwartet werden durfte - eine Passion. Er studierte sowohl Mathematik als auch Astronomie, promovierte und war inzwischen bei seinen Studenten der beliebte Professor Doktor Miles. Umgänglich, freundlich, geradezu allwissend und doch zuweilen etwas verstreut, wenn er während des Unterrichts mal wieder die Erde verließ und mit seinen Träumen davonflog. Weit weg in ferne Galaxien. Seine Studiengänge waren erfüllt von grenzenloser Hingabe und unendlicher Liebe für das Thema. Tagsüber stopfte er die jungen Leute mit Fachwissen voll, um es in nächtlichen Außenunterrichten mit Leben zu erfüllen. Bei vielen von ihnen zündete seine Begeisterung derart, dass auch sie vom Enthusiasmus für die Astronomie erfasst wurden.

Eins Tages fiel ihm ein neuer Student im Plenum auf, der wie aus dem Nichts in seinen Vorlesungen auftauchte und etwas abseits seiner Kommilitonen Platz genommen hatte. Dieser junge Mann wirkte durchaus sportlich, insgesamt jedoch etwas hager, geradezu untergewichtig und von einer seltsam grün gelblichen Blässe, wie sie John niemals zuvor gesehen hatte. Man musste allerdings schon genau hinsehen, um diese eigenartige Hautfärbung bewusst wahrzunehmen.

Es ist Sommer und eigentlich sollte doch so ein attraktiver Kerl, auf den die Mädels ganz sicher stehen, eine gesunde Bräune haben, dachte er und kam zu der Vermutung, dass dieser Beau vielleicht an der Leber erkrankt sein könnte.

Während der Vorlesung sah er immer wieder zu diesem Jungen und bemerkte, dass dieser äußerst konzentriert zuhörte, sich aber keinerlei Notizen machte. John quälte seine jugendliche Meute gerade mit irgendwelchen, für viele unverständlichen Weltraumparabeln und mathematischen Formeln der Himmelsmechanik. Außerdem versprach er ihnen, für die nächste Vorlesung einen schriftlichen Test vorzubereiten, was allgemeines Stöhnen und Stirnrunzeln provozierte. Nicht aber bei seinem neuen Schüler. Der saß bereits seit einer geschlagenen halben Stunde in unveränderter Sitzposition und lauschte den Ausführungen des Professors.

John referierte ausführlich über das Gravitationsverhältnis zwischen Mond und Erde, als aus der letzten Reihe von besagtem Schüler der Hinweis eingeworfen wurde, dass die allgemeingültige Formel jedoch nicht als immerwährende Konstante angesehen werden konnte. Darauf wollte John natürlich noch später zu sprechen kommen, ging aber aus Neugier auf einen Dialog mit dem jungen Mann ein.

»Hoch interessant. Sie scheinen mehr darüber zu wissen. Erklären Sie doch bitte den anderen, was Sie damit meinen!«

»Nun. Das will ich gern tun«, sagte er.

Alle Zuhörer hatten sich inzwischen auf ihren harten Bänken umgedreht, schienen den Jungen zuvor scheinbar noch nicht wahrgenommen zu haben und lauschten seinen Worten.

»Das Universum wirkt auf die Menschen, als wäre es etwas ewig Beständiges, doch besonders die Mechanik der Planeten und Sterne zueinander ist stark variabel. Wenn sich etwas unaufhaltsam verändert, dann ist es der weite, keinesfalls endlose Kosmos!«

»Was aber heißt das jetzt für das Verhältnis Mond und Erde?«, wollte ein Mädel von ihm wissen.

Das war es, was John liebte. Der Unterricht entfaltete seine eigene Dynamik und die Studenten begannen untereinander zu diskutieren. Er selbst war jetzt nur noch Gast in diesem Raumschiff, ließ sie aber gewähren und war gespannt, wohin diese Reise führen würde.

»Das scheint erst einmal wenig dramatisch, wird sich aber fatal auf das irdische Leben auswirken. Neueste, unwiderlegbare Forschungen haben nachgewiesen, dass sich unser stiller Trabant jährlich etwa drei Zentimeter von uns entfernt. Das heißt nichts anderes, als dass er irgendwann das Gravitationsfeld der Erde verlassen und in der schwarzen Unendlichkeit verschwinden wird!«

»Drei Zentimeter. Das ist ja kaum der Rede wert!«, meinte jemand aus vordersten Reihe.

»In irdischen Zeitrechnungen mag das zunächst so sein. Da könnte man fast annehmen, dass das Ereignis tatsächlich erst in Tausenden von Jahren eintritt. In kosmischen Maßeinheiten ist das jedoch bereits Morgen der Fall!«

»Und was passiert dann?«, fragte das Mädchen von vorhin nach und wartete fasziniert auf die Antwort.

»Der Mond versucht seit Millionen von Jahren, die Erde in ihrer Rotation zu stabilisieren, was ihm ja auch recht gut gelingt. Je weiter er sich allerdings entfernt, desto geringer wird sein Einfluss auf den blauen Planeten. Die Welt wird zuletzt instabil, sich selbst aus ihrer Umlaufbahn um die Sonne katapultieren und untergehen. Alles Leben wird ausgelöscht und die Zentrifugalkraft unseres Planeten wird die Welt in Stücke reißen!«

Alles drehte sich zu John und fragte den Dozenten wortlos mit staunenden Augen, ob das die bittere Wahrheit wäre. John nickte und blickte in viele ratlose Augenpaare.

»Da bin ich aber froh, dass ich heute lebe«, sagte einer der Studenten.

»Genau an dieser Stelle könnte die kosmische Instabilität greifen, denn niemand kann mit Bestimmtheit sagen, wann sich die

Abwanderung des Mondes wie auswirken wird. Wir haben jetzt sehr viel Richtiges und Interessantes über die Himmelsmechanik erfahren, wissen aber nicht, wie genau sie austariert ist. Vielleicht fehlen nur noch ein paar Zentimeter und die Katastrophe beginnt!« Schweigen erfüllte den Plenarsaal. Die Köpfe der Studenten ratterten. John versuchte immer, seine liebenswerte Meute genau an diese Stelle zu bringen. Sie sollten sich über etwas wundern, nachdenken und alles kritisch hinterfragen. Er blickte in die Reihen, hinauf zu dem ihm noch nicht näher bekannten jungen Mann und nickte ihm anerkennend zu, als die etwas ängstliche Frage einer Studentin die Stille durchbrach.

»Und was können wir tun?«, wollte sie wissen.

»Das Leben auf der Erde ist jeglichem Bombardement aus dem Dunkel des Weltalls ausgesetzt. Die Geschichte mit dem Mond ist nur eine und glücklicherweise eine einigermaßen Berechenbare. Mit Meteoriten ist das zum Beispiel etwas ganz anderes. Was wäre, wenn sich für uns unsichtbar im Schatten des Mondes ein solches Geschoss anpirscht und unseren Nachbarn oder unseren Planeten trifft? Machen wir uns nichts vor. Da wären sehr viele andere Gefahren. Die größte und konkreteste allerdings ist bereits hier. Es ist der Mensch, der - so irrsinnig das auch klingen mag -, sein wunderbares Kleinod in dieser lebensfeindlichen Unendlichkeit und damit sich selbst hinrichtet, sodass auf andere Ereignisse gar nicht geachtet werden muss, weil bis dahin alles Leben vermutlich erloschen sein wird. Und nun zu Deiner Frage. Man muss begreifen, was gerade geschieht. Die Lebensspanne eines Menschen dauert in etwa achtzig Jahre. Das ist ein Geschenk der Evolution. Jeder Einzelne sollte seine Zeit nutzen und ganz einfach glücklich sein über alles was ist!«, erklärte der allen unbekannte Student.

Die Vorlesung sollte längst vorbei sein. John stand noch immer schweigend an der Tafel, beobachtete, wie sich die Gemeinschaft um den jungen Mann scharrte und intensiv mit ihm diskutierte. Anschließend ging er leise aus dem Saal und dachte über diese trotz aller Dramatik Hoffnung machende Ausführung nach.

»Was für ein beeindruckender Vortrag. Wer ist eigentlich dieser seltsame Junge mit diesem umfassenden Wissen?«, fragte er sich und hatte zu diesem Zeitpunkt keine Ahnung, dass erst einmal sein eigenes Leben diesen Studenten aus der Umlaufbahn katapultiert werden sollte.

»Ich heiße Nikolai Rachmanow«, sagte der Gefragte, als John ihn tags darauf beim Mittagessen in der Mensa traf, sich zu ihm setzte und nach seinem Namen fragte.

»Und wo kommen Sie her?«

»Von sehr, sehr weit weg«, war die kurze Antwort.

Offensichtlich wollte er nicht mehr darüber erzählen und John dachte, dass der russische Name durchaus genug ausdrückte. Vielleicht war diese Zurückhaltung mit einem schweren Leben und

Verlusten in seinen frühen Jahren verbunden, sodass der Professor nie wieder danach fragen würde.

»Sie können mich ruhig beim Vornamen nennen, Herr Professor. Schließlich bin ich Ihr Student!«

So ergab es sich bereits in diesem Gespräch für den Rest ihrer gemeinsamen Lebenszeit, dass Nikolai geduzt, John aber immer respektvoll mit Herr Professor oder seinem Namen angesprochen wurde.

»Was interessiert Dich an der Astronomie? Warum hast Du dieses Studium gewählt?«, fragte er, nachdem er zuvor lobende Worte für die Ausführungen des Vortrages zum Ausdruck gebracht hatte.

»Das ist ganz einfach, wenn man es hört, wird jedoch unglaublich komplex, sobald Sie darüber nachzudenken beginnen. Mich interessiert, was sich hinter all dem verbirgt, was da draußen ist. Hat der Kosmos überhaupt ein Ende und was kommt dann? Wo ist das Ende der Zeit und was geschieht, wenn man sie hinter sich lässt? Sind da Paralleluniversen oder pulsiert nur unser Eigenes, vielleicht Einziges, indem es sich bis zu einem gewissen Punkt ausdehnt, wieder zusammenzieht, die Masse des gesamten Kosmos auf die Größe eines Tennisballs komprimiert, um sich nach einem weiteren Urknall erneut auszudehnen. Und was bedeutet Ewigkeit?«

»Hoch interessant«, sagte John nachdenklich.

»Nur wird Dir dieses Studium keine dieser Fragen beantworten können!«

»Wir werden sehen, was noch alles geschieht, was uns das Leben bringen wird!«

»Das ist sehr wahr!«

»Was treibt Sie an?«, wollte Nikolai jetzt wissen und hörte sich in der Art seiner Art der Fragestellung überhaupt nicht an wie ein Student.

Seine offensichtlich von Wissen beladene Selbstsicherheit faszinierte den Professor, der sich sein Leben lang immer wieder fragen sollte, warum Nikolai überhaupt studierte, wo er doch schon alles zu wissen schien.

»Als kleiner Junge habe ich beim Blick in den Abendhimmel zunächst innere Ruhe und Frieden gefunden. Später drängte sich mir die Frage auf, ob wir allein sind, ob es woanders auch noch Leben geben könnte!«

Nikolai wirkte für eine Sekunde auf sein Gegenüber, als hätte er tatsächlich eine Antwort darauf und brachte John für einen Moment durcheinander.

»Dummes Zeug«, dachte dieser.

Wie sollte ein anderer Mensch diesbezüglich mehr wissen, als er selbst. Der Student wusste zweifellos viel, aber ausgerechnet ein Junge aus der Russischen Föderation würde ihm an dieser Stelle nicht weiterhelfen, nichts Neues beibringen können, ging es ihm durch den

Kopf, sodass er diesen Gedanken genau so schnell verwarf, wie er ihm gekommen war.

»Und? Was meinen Sie? Ist da draußen anderes Leben?«

»Es gibt eine ganze Reihe Exoplaneten, wo so etwas möglich sein könnte, aber wir werden es zumindest in diesem Stadium des menschlichen Denkvermögens wohl nicht erfahren, befürchte ich.«

»Und warum nicht?«, fragte Nikolai.

»Du weißt selbst, dass wir einerseits nicht in der Lage sind, mit unseren Raumschiffen adäquate Geschwindigkeiten erreichen zu können, um dorthin zu gelangen, und wenn es doch möglich wäre, wie sollten wir der Menschheit auf der Erde berichten, ob und was wir vorgefunden haben. Man muss sich das einmal vor Augen führen. Rein mathematisch schaffen wir es nicht, einen Menschen während seines Lebens auf Lichtgeschwindigkeit zu katapultieren, auch, wenn wir die Technik dazu hätten. Gelänge es uns, diese Hürde zu überwinden, stünden wir vor anderen, unlösbaren Aufgaben, denn bei dem Tempo würde beispielsweise ein Staubkorn, das auf unser Raumschiff träfe, die Wucht einer Atombombe entwickeln. Dann wäre noch das von Albert Einstein nachgewiesene Raum-Zeit-Problem. Das bedeutet, flöge unser Raumschiff ein Jahr lang schnell wie das Sonnenlicht von der Erde fort, wären hier unten tatsächlich schon vierhunderttausend Jahre vergangen. Wenn die Astronauten nach einem weiteren Jahr zurückkämen, hätte vielleicht schon das gestern besprochene

Gravitationsverhältnis den Mond und die Erde längst zerstört, wäre der Heimatplanet der Astronauten möglicherweise gar nicht mehr da, ganz sicher aber vollkommen verändert und unsere Zeitreisenden längst vergessen. Machen wir uns nichts vor. Das alles ist unmöglich. Ich werde wohl einmal mit einem unerfüllten Traum gehen müssen!«

»Wenn Sie so denken, könnten Sie ja eigentlich gleich aufgeben. Es besteht doch auch die Möglichkeit, dass andere Zivilisationen viel weiter entwickelt und in der Lage sind, die Erde zu erreichen!«

»Das stimmt, aber warum sollten sie das? Vielleicht, weil sie dem Menschen gleich, ihre Heimat zerstört hätten und auf der Suche nach einer neuen Bleibe wären? Wer über derartige Technik verfügt, könnte uns ganz bestimmt mit einem Federstrich auslöschen!«

»Das ist eine Möglichkeit, die durchaus ihre Berechtigung hat. Es müssen aber auch andere Absichten gelten dürfen. Vielleicht bringen sie Rettung, Hilfe, das ultimative, kosmische Heil für alles Leben?«

»Durchaus. Auch das kann tatsächlich möglich sein.

Anhand unseres Gespräches siehst Du, was mich mein Leben lang beschäftigen wird. Ich gebe keinesfalls auf. Sind die Chancen auch noch so gering. Ich forsche immer weiter!«

Nikolai war fasziniert von diesem Mann und bewunderte dessen Wissensdurst, seinen Mut und Courage. Er sah ihm noch einen Moment hinterher, als er sich verabschiedet hatte und die Mensa verließ.

Einigermaßen lustlos stocherte er jetzt allein an seinem Tisch sitzend in seinem Essen herum und fixierte mit seinem Blick den Löffel, der neben seiner Teetasse lag. Nach einigen Sekunden rutschte dieser wie von Geisterhand bewegt ein Stück weit vorwärts. Mit der Hand schob ihn Nikolai wieder zurück, schaute ihn abermals reglos an und schaute zu, wie er sich erneut in Bewegung setzte.

»Wie machst Du das?«, hörte er eine angenehm klingende Stimme und drehte sich um.

Hinter ihm saß Maria. Jene hübsche Studentin, die ihn bei seinem Vortrag nach Handlungsmöglichkeiten im Zusammenhang mit den zu erwartenden Katastrophen gefragt hatte.

»Das kann ich Dir nicht erklären!«

»Soll heißen, Du willst nicht?«

»Nein, das soll es nicht!«

»Und was bedeutet es dann?«

»Du würdest es nicht verstehen!«

»Ach, Du hältst mich für dusselig, weil ich ein Mädchen bin?«

»Nein. Ganz gewiss nicht. Allein Deine Frage während der Vorlesung folgte zwingend logisch auf meine Worte. Sie offenbarte, dass Du sehr schlau bist und einen extrem wachen Geist hast!«

Dieses Kompliment streichelte zunächst ihr Ego, brachte sie aber gehörig durcheinander, da sie nicht einschätzen konnte, was da gerade passierte und keine Erklärung fand, wer dieser Junge eigentlich war. Von ihrer Neugier angetrieben stand Sie auf und setzte sich ohne zu fragen an seinen Tisch.

»Hi. Ich bin Maria und vielleicht versuchst Du es trotzdem mit einer Erklärung!«

»Ich bin Nikolai und ich erkläre bestimmt nichts. Allein der Versuch würde Dich ganz sicher sehr irritieren. Außerdem verrät kein Zauberer seine Tricks!«

»Ach so. Du zauberst!«

»Eigentlich bin ich nur ein Illusionist und mache nichts anderes, als die Aufmerksamkeit meiner Beobachter zu blenden!«

Nikolai lenkte das Gespräch in diese Richtung, weil er genau wusste, dass seine Wahrheit Maria erschüttern würde.

»Ich mache Dir aber gern ein anderes Friedensangebot. Wäre das okay?«

»Gut, aber diesmal wirst Du entlarvt, das garantiere ich Dir!«

»Nun, wir werden sehen«, sagte er, nahm einen Geldschein, knüllte ihn zu einer kleinen Kugel, hielt die Hand etwa dreißig Zentimeter über die Tischplatte, ließ das Geld los und zog den Arm zurück.

Maria bekam den Mund nicht mehr zu, als sie das kleine Knäuel dicht vor ihren Augen reglos in der Luft schweben sah.

»Was geschieht hier gerade?«, fragte sie rein rhetorisch, griff nach dem Geld und nahm es aus der Luft.

Da war kein unsichtbarer Faden, keine Falltür. Das war real. Sie starrte Nikolai fragend an, bekam aber keine Antwort. Dieser hatte das Mädchen jetzt völlig verwirrt, zog ein Kartenspiel aus der Tasche, führte einen sehr durchschaubaren Trick vor und gab Maria die Möglichkeit, ihn zu erwischen. Sie freute sich wie eine Schneekönigin, als sie ihm auf die Schliche kam und klatschte vor Freude in die Hände.

»Siehst Du. Alles nur Taschenspielertricks«, sagte Nikolai mit einem Augenzwinkern zu ihr und hatte das Gefühl, dass sie ihm das abnahm.

Sie redeten eine ganze Weile als Maria sich überlegte, mit ihm gern einmal ausgehen zu wollen und dachte an einen Kinobesuch, als dieser sie mit seiner Frage innerlich geradezu durchschüttelte.

»Welchen Film würdest Du Dir gern einmal ansehen?«

Konnte das tatsächlich sein? Hatten sie beide in derselben Minute den gleichen Gedanken oder kann der Kerl wissen, was ich denke?, ging es ihr durch den Kopf.

Sie verabredeten sich also für den Abend, saßen aber noch eine Weile im Gespräch vertieft am Tisch. Maria erfuhr, dass er in seinen jungen Jahren mehrere Fremdsprachen erlernt hatte, aber auch sonst umfangreich gebildet war und sich körperlich in Topform befand. Er war offensichtlich ein Allroundsportler und hatte seinen Erzählungen zufolge so manchen Wettstreit gewonnen.

»Vermutlich bist Du auch in der Lage, für ein Mädchen die Sterne vom Himmel zu holen?«, fragte sie ihn irgendwann.

Nikolai wurde für einen Moment ernst, antwortete aber mit der ihm eigenen entspannten Art.

»Vielleicht solltest Du davon träumen, dass da ein Pirat auf weißem Schiff mit roten Segeln vorbeikommt!«

»Warum«, wollte Maria etwas enttäuscht wissen.

»Hast Du schon mal überlegt, was passiert, wenn tatsächlich jemand des Weges kommt und Deinen Wunsch erfüllt?«

Das hatte sie natürlich nur bildlich gemeint und verstand Nikolai's Frage nicht so recht.

»Das sagt ein Mädchen doch nur so. Das sind doch alles nur romantische, aber eben sehr schöne Redensarten«, versuchte sie zu erklären.

»Aber gut. Spinnen wir den Faden weiter. Was sollte dann schon geschehen?«, sagte sie, stellte es sich im Geiste vor und bekam einen kleinen Schreck, als da am Ende ihres Gedankenpuzzles plötzlich ein Himmel ohne Sterne war.

»Was würden die anderen verliebten Jungs tun, wenn ich Dir all die schön glitzernden Himmelskörper zu Füßen legte?«

»Aber das kannst Du nicht und auch niemand anderes?«

»Meinst Du wirklich, dass ich das nicht hin bekäme?«

Das war einer dieser Momente, in denen Nikolai sie völlig aus dem Konzept brachte, weil er sie mit ihren Überlegungen allein ließ und sie nur tiefsinnig anlächelte. Das Mädchen erinnerte sich an die unglaublichen Tricks, bekam jetzt ein klein wenig Furcht und fragte sich, wer dieser Junge wirklich war. Das sollte sie sich fortan ihr gesamtes Leben lang fragen, denn von diesem Tage an wichen sich die zwei nicht mehr von der Seite. Sie sollte erfahren, dass er niemals krank wurde, einen ganz eigenartigen, aber immer kräftigen Herzschlag besaß, auf alles eine Antwort haben und ihr Leben zu einem einzigen, sie faszinierenden Karussell machen sollte, auch wenn sie sich seine so ganz eigene Art des Seins niemals erklären können würde.

»Du kannst zwar viele kleine Tricks, aber das bekommst Du nicht fertig. Außerdem würde bereits nur ein einziger fehlender Stern die Himmelsmechanik aus den Fugen reißen«, sagte sie und wollte nun sehen, wie er sich aus seiner eigenen Fallgrube heraus manövrierte. Nikolai aber blieb wie immer tief entspannt und sagte:

»Ich kann beides!«

»Wie? Ich verstehe nicht?«

»Einen Stern vom Himmel holen und gleichzeitig dafür sorgen, dass das kosmische Gleichgewicht nicht verloren geht!«

»Wie willst Du das anstellen?«, hakte Maria neugierig nach und meinte, den kleinen Großkotz endlich auf dem linken Bein erwischt zu haben, als dieser völlig unerwartet mit dem Finger auf ihren Hals deutete und sagte:

»Du schwätzt bereits eine geschlagene halbe Stunde und bekommst nicht mit, dass ich das bereits getan habe!«

Maria begriff in diesem Moment überhaupt nichts, was er damit sagen wollte, schaute reichlich verwundert aus den Augen, fasste sich seinem Fingerzeig folgend eher unbewusst an den Hals, spürte jetzt diese wunderschöne Kette, an deren Ende ein funkelnder Diamant hing, der das Leuchten aller Sterne in sich zu vereinen schien.

»Wie hast Du das gemacht? Wie konntest Du sie mir anlegen, ohne dass ich es mitbekam?«

Nikolai sagte nichts, ließ sie einige Momente allein mit ihren aufgewühlten Emotionen und ihren glänzenden Augen beim Betrachten dieses unglaublichen Edelsteins. Eine Träne kullerte ihr fast unmerklich über die Wange und innerlich wusste sie einfach nicht, was mit ihr geschah, was Nikolai in ihr auslöste. Zuletzt freute sie sich einfach nur.

Als sie sich nach einiger Zeit wieder gefangen hatte, den Diamanten aber fortwährend mit ihren Händen umschlossen hielt, als hätte sie Angst, sein Funkeln könnte sonst verloren gehen, fragte sie:

»Wo hast Du in Deinen jungen Jahren so viel lernen können?«

»Weißt Du, in der Welt, aus der ich komme, wird jeder umfangreich auf das Leben hier vorbereitet, um stark und erfolgreich sein zu können!«

»Und wo ist Deine Welt?«

Diese Frage würde Nikolai ihr aus ganz besonderen, tief liegenden Gründen niemals beantworten und ließ auch sie in dem Glauben, er käme irgendwo aus dem fernen Sibirien oder der Taiga. Er selbst musste nichts dazu erklären, denn das besorgte schon ihre Fantasie. Genau wie der Professor assoziierte sie mit seinem Namen das ferne Russland als seine Herkunft und sinnierte nachdenklich vor sich hin.

»Russland. Ich habe schon so viel gehört und würde auch gern einmal dorthin fahren!«

»Das wird sicherlich irgendwann einmal möglich sein«, erhielt sie als Antwort.

Es folgte ein längerer Gedankenaustausch über dieses Riesenreich hinter dem Ural und ganz unbewusst verfestigte es sich in Maria's Gedankenwelt, dass Nikolai aus diesem fernen Land kam.

»Zeigst Du mir dann Deine Heimat? Ich würde sehr gern sehen, wo Du aufgewachsen bist!«

Nikolai stützte sein Gesicht in die Hände und lächelte sie schweigend an, sagte dazu aber kein Wort. Maria wertete das als Zusage und gab sich damit zufrieden.

Tags drauf gab Professor Miles die nächste Vorlesung und bemerkte beim Betreten des Plenums sofort, dass Nikolai nicht mehr abseits in der obersten Reihe Platz genommen hatte, sondern neben Maria saß. Es war offensichtlich, dass es zwischen den beiden gefunkt hatte. Er freute sich, dass der Junge sofort Anschluss gefunden hatte. Als John an das große Rednerpult trat, verstummte das allgemeine Getuschel in diesem fast voll besetzten Saal, denn alle respektierten ihren *Prof* und waren gespannt auf den folgenden Unterricht.

Zunächst gab es eine ausführliche Zusammenfassung nicht nur der zuletzt behandelten Themen, sondern von allem, was in den vergangenen Monaten angesprochen worden war. Es standen die abschließenden Semesterklausuren an und der Dozent bereitete die Bande, wie er die Studenten immer liebevoll bezeichnete, auf die Arbeiten vor. Es war so seine Art, die Jungs und Mädels nicht ins Leere laufen zu lassen und gab zur Themeneingrenzung deutlichste Hinweise, welchen Stoff man nicht unbedingt pauken musste und was er nicht für ganz so wichtig hielt. Als das erledigt war, packte er seine Unterlagen wieder zusammen und bat die Studenten, es ihm gleich zu tun.

»Ich will den Fachunterricht für dieses Semester an dieser Stelle beenden und mich mit Euch über eines meiner spannenden Forschungsgebiete unterhalten«, sagte er, als er sich locker auf das große Pult gesetzt hatte, beobachtete, dass sich auch die Studenten entspannt zurücklehnten und erwartungsvoll lauschten. Natürlich wussten sie, welche Richtung er jetzt einschlagen würde.

»Was meint Ihr? Gibt es da draußen anderes Leben oder sind wir allein in der weiten Dunkelheit?«, fragte er in die Runde.

»Das gibt es ganz gewiss und was soll ich sagen. Sie sind schon da«, kam es von Carl Davids aus der ersten Reihe, der sich wie immer mit einem Grinsen im Gesicht dafür aber wenig Inhalt in seinen Worten meldete.

»Hört, hört. Mr. Davids weiß mal wieder etwas Wichtiges«, tönte der ironische Beitrag eines anderen durch den Saal und verursachte Gelächter.

»Na los, Carl. Raus mit der Sprache, damit wir uns auch sachlich über das Thema unterhalten können. Wo hattest Du denn Deine Begegnung der dritten Art?«

»Och, eine der zweiten Art hat mir gereicht. Sie fand vorhin im Dozentenzimmer statt, als ich ein grünes Männchen vom Mars sah. Berühren musste ich den außerirdischen Gnom nicht unbedingt!«

»Nun. Ich vermute, dass Du mal wieder den Dekan meinst? Der ist aber einer von uns!«, gab der Professor zurück.

»Also. Für einen Menschen ist er viel zu grün! Der ist sicherlich zur Nachtzeit mit irgendeiner Untertasse in der Wüste gelandet und hat sich in sein Amt geschlichen«, wetterte Carl und erntete tosenden Beifall.

Dann aber entstand eine doch ernste, argumentativ beladene Diskussion.

»Es wäre doch mehr als anmaßend, wenn wir uns als die Krönung der kosmischen Schöpfung hielten, denn im Grunde sind wir doch nur einer ihrer unendlich vielen Versuche!«, meinte einer der Studenten.

»Ja, aber die Frage ist doch, wer diese Versuche initiiert, sie als gut oder schlecht bewertet, um an anderer Stelle weiter zu probieren!«, gab ein anderer zu bedenken,

»Du stellst also die Frage nach Gott? Meinst Du unseren oder eine kosmische, vielleicht universelle Macht?«, fragte John.

»Das alles offenbart doch in sich, dass die Erde allein als ein kosmisches Labor überhaupt nicht ausreichen kann. Es muss also auch anderes Leben geben! Von daher ergibt sich die nächste Frage von selbst. Was ist, wenn sie zu uns kommen? Wäre es gut oder schlecht? Müssten wir uns fürchten?«, war der nächste Diskussionsbeitrag.

Es entbrannte eine fesselnde Gesprächsrunde, die John Miles ihrer eigenen Dynamik überließ und nur noch beobachtend beiwohnte. Dabei blieb es ihm nicht verborgen, dass Nikolai während der ganzen Zeit ebenfalls nur zuhörte. Der Professor fragte sich, warum er schwieg, zumal der interessante Junge noch in der letzten Vorlesung durch faszinierendes Wissen brillierte. Er vermochte es nicht, sich diese Zurückhaltung zu erklären, als einer der Studenten sagte:

»Wir reden immer davon, ob es anderes Leben gäbe, wie es aussehen könnte und was wäre, wenn die Fremden zu uns kämen!«

»Was meinst Du damit?«

»Da niemand von uns irgendetwas beweisen kann, müssen wir jedes Argument, jede Idee und jeden Beitrag zulassen, ohne ihn in irgendeiner Form zu bewerten!«

»Und das heißt?«

»Was wäre, wenn sie schon hier sind?«

Sofortiges Schweigen setzte ein und erfüllte den Saal. Nichts war zu hören. Jeder der anwesenden Köpfe rauchte ob dieses Gedankens.

»Was, wenn das stimmte?«, mochte die Studenten gerade beschäftigen.

Nicht aber Nikolai. Dieser unterbrach die knisternde Stille, als die letzte Frage durch den Raum waberte.

»Der Mensch ist derzeit keinesfalls in der Lage, die Frage nach außerirdischem Leben mathematisch oder anderweitig logisch zu erklären. Ihm bleibt einzig und allein die Möglichkeit, sich all dieser Fragen philosophisch anzunähern. Der Weg, den insbesondere *Albert Einstein* eingeschlagen hatte, wäre ein durchaus möglicher Schritt in diese Richtung!«

»Was meinst Du genau?«, wollte Carl Davids wissen, dem Nikolais Theorie derart unter die Haut gefahren war und einen kalten, ihm über den Rücken laufenden Schauer verursacht hatte.

Die Vorstellung, dass die Fremden bereits auf der Erde sein könnten, tagsüber in dunklen Höhlen hausten und er des Nachts von einem glitschigen fünfäugigen Wesen mit Tentakelfüssen im Schlaf ausgesaugt würde, ließ ihn verstummen.

»Es gab, gibt und wird immer wieder große Geister unter den Menschen geben, die ihrer Zeit weit voraus waren, sind und sein werden. Viele von ihnen bleiben vielleicht unerkannt und ihre Ideen erscheinen verrückt. *Albert Einstein* allerdings ist aus dem Schatten ins Licht getreten und war für mich die Speerspitze aller Visionäre in der gesamten jüngeren Menschheitsgeschichte. Er sagte, dass die Fantasie viel wichtiger sei als das Wissen, denn dieses sei nur begrenzt!«

»Gut. Die Aphorismen kennen wir alle und haben Sie auch verstanden. Aber was willst Du damit zum Ausdruck bringen?«

»Dieser begnadete Mann hat seine bahnbrechenden Erkenntnisse immer wieder mit philosophischen, aber auch mit witzigen Sichtweisen bedacht. Das birgt zwei große Vorteile in sich. Zum einen macht er sich, aber auch sein Denken für weniger intellektuelle Menschen nachvollziehbar und zum anderen könnte sein Witz helfen, die vielleicht dramatische Wahrheit seiner Theorien oder Lösungen der mathematischen Resultate zu akzeptieren. Ihr habt anhand meiner Worte gerade selbst gespürt, wie erdrückend die Wahrheit sein kann!«

Alle schwiegen. Jeder dachte nach. Erneute Stille erfüllte den Saal.

»Was heißt das nun konkret für uns Menschen?«

»Wenn die Dinge kommen, werden sie geschehen. Führt Euch doch bitte vor Augen, dass es keinen Tag ohne die Nacht, kein kalt ohne warm, kein nah ohne fern, kein ernten ohne sähen, kein Leben ohne Sterben und am Ende dieser Gedankenkette auch kein Gut ohne Böse existieren kann. Alles bedingt einander. So ist es bestimmt. Was Euch begegnet, wird sich zeigen, denn alles ist zu jedem Zeitpunkt möglich. Mit allen sich daraus ergebenden Konsequenzen. Ob es jedem Einzelnen gefällt oder nicht, spielt im kosmischen Drehbuch ganz offensichtlich keine Rolle. Die Dinge ereignen sich. Das ist Fakt!«

»Und was können wir tun?«

»An dem, was da anrollt, natürlich nichts. In Euch allerdings sehr viel und Entscheidendes. Diese Frage zu beantworten, ist mit einem Wort möglich!«

An dieser Stelle unterbrach er seine Ausführungen für lange Sekunden, steckte die Hände in die Hosentaschen und blickte aufmerksam in die Gesichter vor ihm. Er beobachtete die ihn spannungsgeladen durchbohrenden Blicke, die auf die erlösende und hoffentlich befreiende Antwort warteten.

»Lebt!«

Wieder eine kurze Pause.

»Lebt, um des Lebens willen. Versucht, gute Menschen zu sein, sucht Euer Glück und glaubt an das Gute. Mit einer solchen Einstellung verlängert allerdings niemand seine Lebensspanne, sie wird dadurch aber ganz bestimmt intensiviert. Die Zeit auf diesem wunderschönen Kleinod in der feindlichen Endlosigkeit des Weltraums ist ein kostbares Geschenk der Evolution. Es sollte jedem möglich sein, seine Einzigartigkeit, aber auch die Schönheit des Lebens zu erkennen und aus seiner Zeit das Beste zu machen. Außerdem solltet ihr Eure Fantasie gebrauchen und nicht zwangsläufig davon ausgehen, dass Außerirdische nur in böser, kriegerischer Absicht zu uns kämen, wenn sich das überhaupt ereignen wird. Zu erwarten scheint das erst einmal nicht!«

Abermals sekundenlange Wortlosigkeit.

»Oder doch?«, führte Nikolai weiter aus.

»Wir wissen es nicht, denn das ist ja begrenzt, wie *Einstein* so genial erkannte!«

Als er zu reden aufhörte, hinterließ er so etwas wie ein vollkommen geräuschloses Vakuum. Niemand wagte es, diesen philosophischen Moment zu entzaubern. Niemand rührte sich. Einen Augenblick herrschte geradezu so etwas wie kosmische Stille. Eine solche Ruhe hatte noch niemand erlebt. Auch nicht John Miles. Seine schweigenden Blicke trafen auf den ihn ansehenden Nikolai und er spürte, dass ihm hier ein sehr besonderer Mensch gegenüber saß, mit dem er sich künftig etwas mehr beschäftigen wollte. Der Junge hatte den anwesenden Studenten erklärt, was sich möglicherweise hinter einem so leicht auszusprechenden Wortspiel eines großen Geistes verbergen könnte, hatte ihnen angst gemacht, im selben Moment aber auch Sichtweisen und Auswege aufgezeigt, damit die Furcht genommen und Mut für das eigene Leben gegeben.

Herr im Himmel. Dafür müssen andere lange studieren und dieser Kerl schüttelt sein Wissen mit einer unglaublich überzeugenden Rhetorik aus dem Ärmel, als hätte er nie etwas anderes getan, dachte der Professor und bewunderte diesen Studenten.

»Auch die Russen haben große Geister«, unterstrich er diese ihm längst bekannte Tatsache noch einmal im Geiste und atmete tief durch.

Dann war es Carl, der sich sehr bald räusperte, langsam aufstand, zur Tür ging und halblaut sagte:

»Ich brauche frische Luft!«

Ihm folgten die anderen, bis das Plenum alsbald fast leer war. Maria saß noch auf ihrem Platz, hielt sich erneut an ihrer Halskette fest und sah Nikolai an, der neben ihr saß und seine Unterlagen zusammenräumte, als wäre gerade nichts anderes geschehen, als hätte er lediglich einen Diskussionsbeitrag geäußert. Maria begriff immer weniger, wen sie sich da angelacht hatte. Vielleicht wäre sie auch aus einer gewissen Furcht vor dieser seltsamen, kaum zu greifenden Tiefe davongelaufen, wenn er nicht außerhalb der Universität und besonders in den Stunden der Zweisamkeit ein völlig normaler, liebenswerter Junge mit sehr viel Verständnis und Zuneigung für sie wäre. Mit einem Wort, sie war verknallt bis über beide Ohren und nur noch Gast im stürmischen Karussell ihrer Emotionen. Zu lenken vermochte sie es nicht mehr.

Die Studienzeit verging. Auf dem Abschlussball war John Miles überglücklich, dass alle Studenten bestanden hatten und schloss seine launige und ebenso emotionale Rede mit den Worten, dass er die Mädels und Jungs nun auf das Universum loslassen würde und sie bat, die uralte und austarierte Ordnung im Kosmos nicht zu sehr durcheinanderzubringen und ihm noch etwas Platz für seine Forschung zu lassen. Zuletzt verabschiedete er die Bande:

»Und wer zuerst eine fliegende Untertasse oder etwas Vergleichbares sieht, der melde sich bitte sofort bei mir. Bis dahin alles Gute für Euch alle und wir sehen uns da oben bei den Sternen!«

Es folgte eine rauschende Ballnacht und als der Morgen zu dämmen begann, verschwanden sie in alle Richtungen und in alle Winde.

Nicht aber Maria und Nikolai. Gleich nach dem Abschluss heirateten die zwei, wurden Eltern eines hübschen Töchterleins. Maria würde, sobald das Kind größer war, weiter an der Uni arbeiten. Nikolai promovierte nach drei weiteren Studienjahren und schrieb eine faszinierende Doktorarbeit über die Mathematik zur Berechnung der *Plankschen Mauer*, dem letzten Moment vor dem Urknall. Professor Miles konnte sich beim besten Willen nicht erinnern, dass Nikolai in den Vorlesungen jemals eine Notiz gemacht hatte, ihn aber niemals danach gefragt.

Außerhalb des Studiums hatten sich beide zusammengefunden, um vor allem in den Südstaaten des nordamerikanischen Kontinents völlig lichtlose Orte zu finden, um mit großem technischen Aufwand hochauflösende Fotos der von der Erde aus sichtbaren Sterne und Galaxien zu fertigen. Nikolais Wissen und seine Ausführungen über diesen oder jenen Stern war derart umfangreich, sodass der Professor das seltsame Gefühl hatte, als hätte sein Student jeden einzelnen Himmelskörper persönlich besucht, was ja so nicht sein konnte. Doch woher wusste der Junge so viel und woher hatte er diese Informationen, die in keinem dem Professor bekannten Buch standen. Nikolai blieb ein Mysterium, aber ein sehr nettes, wie John Miles für sich feststellte.

Auf ihren schier endlos dauernden Fahrten sprach Nikolai nicht nur einmal ein ganz besonderes Thema an, das den Professor intellektuell fast an den Rand der Verzweiflung brachte.

»Wie definieren Sie die Ewigkeit?«, wollte er nach einer längeren Gesprächspause von seinem Mentor wissen.

Dieser überlegte lange, sortierte seine vielen Gedanken und fand dann einen Fluchtweg, weil er so schnell keine präzise Antwort fand.

»Es gibt da ein hübsches, kleines Märchen, das von der Ewigkeit spricht!«

»Erzählen Sie es mir!«

»Also. Am Rand der Welt steht ein riesiges Gebirge, das bis weit hinauf in den Himmel ragt. Alle tausend Jahre kommt ein kleines Vögelchen geflogen, setzt sich auf den felsigen Gipfel, schabt sein Schnäbelchen einmal links und einmal rechts, um dann wieder davonzufliegen. Wenn der kleine Kerl das gesamte Gebirge dem Erdboden gleich gemacht hat, ist eine Sekunde der Ewigkeit vorbei!«

»Oh, das ist hübsch. Aber auch nur für kleine Kinder, denn dieser Zeitraum wäre in astronomischen Maßstäben nur ein Moment!«

John verglich die Zeitangaben des Märchens mit der Aussage seines Assistenten und versank dabei in ein aufwühlendes Gedankenwirrwarr, aus dem ihn Nikolai bald mit einer weiteren Frage befreite.

»Würden Sie ewig leben wollen?«

»Ich weiß nicht recht. Ich begreife die Ewigkeit irgendwie nicht. Wie soll ich dann die Frage beantworten. Gemeinhin reden die

Menschen so, aber ich denke nur aus Furcht vor dem Tod, denn wer versteht schon den eigentlichen Sinn des Wortes!«

»Überlegen Sie. Gehen wir mal davon aus, Sie würden tatsächlich fünfhundert Jahre leben müssen, und ich sage betont *müssen.* Sie kämen nicht umhin, das gesamte Leid der Welt, alle Katastrophen, jeden Schmerz aber auch alles Glück und sämtliche Veränderungen für diesen langen Zeitraum auszuhalten, obwohl das noch überhaupt nichts mit Ewigkeit zu tun hat. Glauben Sie ernsthaft, Ihre Seele und Ihr Geist könnten das ertragen?«

John wurde unruhig und bekam fast schon Angst. So hatte er das noch gar nicht gesehen und es schauderte ihn plötzlich, so leben zu müssen. Er würde immer wieder Menschen verlieren müssen, sähe erst seine Frau und dann seine Kinder sterben, die nur den normalen Zyklus eines Menschenlebens haben würden. Diese und alle andere Tragödien wie zum Beispiel die Vernichtung unseres Lebensraums würden sich so oft wiederholen, bis er nach fünfhundert Jahren dann endlich selbst gehen dürfte. Die ihm fest vorgegebene Lebenszeit beinhaltete natürlich auch, dass er von Anfang an den genauen Tag seines Todes wissen würde. Diese Vorstellung brachte John zuletzt völlig aus der Fassung.

»Ewig hier sein möchte ich auf keinen Fall«, sagte er jetzt entschlossen zu Nikolai.

»Aber was soll ich mit diesem Wissen tun?«, fragte er verstört.

»Die Lösung ist doch denkbar einfach. Leben Sie Ihr Leben. Streben Sie nach Glück und geben Sie von dem, das Sie haben, etwas an andere weiter. Das tun Sie bereits und von daher machen sie einfach weiter wie bisher, denn Sie sind ein guter Mensch, großherzig und aufrichtig. Mehr braucht es nicht.«

»Und wie denkst Du über die Ewigkeit«, wollte John wissen.

»Nicht sehr viel, denn es gibt etwas anderes, noch Längeres als ewig.«

Das war zu viel für den Professor. Er mochte diesem Gedanken nicht folgen und das Thema sofort beenden. Sein Geist raste, seine Fantasie überschlug sich, doch begreifen konnte er das alles nicht.

Wer ist hier eigentlich der Professor und wer der Student, fragte er später in sich hinein.

Anders war es, als sie einmal nach Roswell, Utah, zur *Area 51* gefahren waren. Hier zeigte sich zu Abwechselung einmal Nikolai einigermaßen desorientiert, stand immer wieder lange Zeit unbeweglich am Zaun des militärischen Sperrgebiets und schaute wortlos in Richtung der Absturzstelle, die allerdings von seinem Standort aus nicht eingesehen werden konnte. Auch abseits des Zaunes war er ungewohnt unruhig, abwesend und schweigsam. John konnte sich diese plötzliche Wesensveränderung absolut nicht erklären und hätte ihn schon fast danach gefragt, ließ ihn aber aus Respekt in Ruhe.

Das werde ich später einmal tun, dachte er sich und hätte zu gern erfahren, was seinen Freund so sehr einnahm. Doch würde er nicht mehr dazu kommen.

Auf dem Heimweg und in den Wochen danach trat das Thema erst einmal in den Hintergrund. Zuviel Arbeit war angefallen und der Studienbetrieb an der Universität ging auch weiter, als sich der Professor eines Morgens sehr fiebrig fühlte. Die an diesem Tag anstehende Vorlesung ließ er ausfallen, da er zum Arzt gehen musste.

Die bittere Diagnose war niederschmetternd und endgültig zugleich. Der Tumor in seinem Kopf war so groß und aggressiv, dass ihm nur noch wenige Wochen verblieben, in denen er sehr zügig in eine von Morphium getränkte Dämmerphase glitt und sehr bald verstarb.

Der plötzliche Verlust des Professors legte sich wie ein dunkler Nebel über die Seelen der Dozenten und Studenten, sodass der gesamte Unibetrieb für einige Tage gelähmt war. Es gab niemanden, der diesen Mann nicht vermisste. Besonders Maria hatte mit dem Verlust des Taufpaten ihrer Tochter, der ein Teil ihrer kleinen Familie geworden war, bitter zu knabbern. Wie im Krebsgang ging sie wochenlang seelisch gebeugt durch die Tage.

Ganz anders reagierte Nikolai. Er schien mit derartigen Erlebnissen überhaupt nicht umgehen zu können. Es wirkte gerade so, als wäre gerade er nicht in der Lage, das Geschehen geistig zu erfassen, fiel in eine Art geistige Lethargie und redete kaum noch. Genau das holte Maria aus ihrer Trauer, denn sie hatte Furcht, er würde ohne ihre Hilfe nicht zurechtkommen.

Einige Monate später. Nikolai war in den Bergen, wanderte einsam durch einen großen Birkenwald, folgte dem Lauf eines Flusses und sah vor sich die noch immer verschneiten Gipfel einer schroff in den Himmel aufragenden Bergkette. Bald senkte sich der Weg, verlief flach zum Wasser und ermöglichte es, an das Ufer zu gehen. Nikolai beugte sich nach unten, füllte seine Feldflasche auf und trank anschließend aus seinen Händen einen kräftigen Schluck.

Wie bereits erwähnt, war er ganz allein in diesem einsamen Tal. Wäre zur gleichen Zeit ein Wanderer auf der anderen Flussseite unterwegs gewesen, hätte er etwas Seltsames, Ungewöhnliches, geradezu Widernatürliches beobachten können. Eigentlich hat die Natur es so eingerichtet, dass die Tiere des Waldes vor einem sich annähernden Menschen flüchten. Nicht so war es bei Nikolai. Unmittelbar hinter und neben ihm saßen ein paar Finken leise und entspannt vor sich hin piepsend im niedrigen Strauchwerk und schienen diese Nähe sogar zu suchen. Dicht bei ihm stand ein großer Hirsch im Wasser des sanft dahin fließenden Wassers.

Als Nikolai an das Ufer kam, schaute das ebenso große wie sonst auch scheue Tier kurz auf, musterte den Ankömmling, um dann, vielleicht zehn Schritte von Nikolai entfernt stehend, vollkommen sorglos weiter zu trinken. Ein solches Bild würde ein Unbeteiligter nicht erfassen oder später erzählen können, denn derartige Geschichten gehören in die Welt der Märchen und Sagen.

Ungeachtet der die ihn umgebende Szenerie blickte Nikolai in die Ferne und ließ seine an John Miles gerichteten Gedanken freien Lauf. Wenn wir gemeinsam unterwegs waren, warst Du so sehr mit Deiner Suche nach außerirdischem Leben beschäftigt, dass Du ganz wesentliche Dinge einfach nicht wahrgenommen hast. Beispielsweise habe ich in meinen Ausführungen immer nur von *den Menschen* in ihrer Gesamtheit gesprochen. Niemals aber redete ich von *wir Menschen.* Der Fairness halber hätte ich dann von *Ihr* und *Euch* sprechen müssen. So leicht wollte ich es Dir auch nicht machen. Und dann meine kleinen Taschenspielertricks, wie Du immer so lustig gesagt hast. Warum ist Dir nie aufgefallen, dass sie alle mit der irdischen Gravitation absolut nicht zu vereinbaren waren? Die Antwort ist so logisch und einfach. Weil Du ein Mensch bist. Gedanklich lebst Du in einer das Denken einengenden Normalität. Die aber hättest Du überwinden müssen, denn außerhalb dieser Norm bietet das Leben die ganz großen Möglichkeiten. Das ist aber nicht jedem und war auch Dir nicht gegeben. Albert Einstein konnte es. Deshalb war er ein visionärer Denker mit ganz eigenen, unerreichbaren Horizonten. Es machte mir Spaß, Dir zuzusehen und ich habe Dich für Deine Neugier, Deine

Irrtümer und die daraus resultierenden Lernprozesse bewundert. Schritt für Schritt bist Du immer weiter in die richtige Richtung gegangen. Meine Aufgabe war es, Dir dabei zu helfen, Dich wieder auf den Weg zu bringen, wenn Du in der falschen Ausfahrt abgebogen warst. Ich fand all die Jahre und insbesondere in der letzten Zeit nicht den rechten Moment, mich Dir zu offenbaren, denn unsere Gespräche über die Ewigkeit zeigten mir, das weder Du noch die Menschheit bereit waren, mit der Wahrheit konfrontiert zu werden. Wie hättest Du damit umgehen sollen, zu erfahren, dass jenes, was Du suchtest, unmittelbar neben Dir saß? Zuletzt vermochte auch ich nicht mehr, Dich zu erreichen. Wäre es mir gelungen, hätte ich Dir gesagt, dass es auch für Euch Erdenmenschen so etwas wie *Nichts* nicht gibt. Da ist nur etwas, was Ihr nicht seht.

Trio Infernale

Das fahle Sonnenlicht des frühen Morgens drängte sich durch die halb geschlossenen Jalousien und warf symmetrische Schatten an die kahle Wand, an der noch immer keine Bilder hingen. Tim Bergheim lag auf dem Rücken, hatte die Arme hinter dem Kopf verschränkt und starrte reglos unter die Decke. Er hatte kaum geschlafen und dachte schon eine ganze Zeit darüber nach, was er jetzt mit seinem Leben und der gerade zurückerlangten Freiheit anfangen sollte. Während der vergangenen Jahre im Knast hatte er gelernt, diszipliniert zu agieren, seine Gedanken zu kontrollieren und geduldig zu sein. Bevor er eingelocht wurde, waren Unruhe, Hektik und mangelnde Selbstkritik seine Ratgeber, die ihn letztlich hinter Schwedische Gardinen gebracht hatten. Jetzt war er ein vollkommen anderer Mensch, der künftig kein unnötiges Risiko mehr eingehen würde. Das sollte ihm nicht wieder passieren. Der Bau würde ihn niemals wiedersehen, schwor er sich insgeheim, als ihm seine nackten Wände auffielen und er überlegte, wie die ihm zugewiesene Zweizimmerwohnung etwas hübscher gestaltet werden könnte. Er könnte in einem Fotoladen ein paar schön gerahmte Fotos, Lithografien, Aquarelle und Ähnliches kaufen, aber das war nicht sein Ding. Er hatte sein Kunststudium mit

Auszeichnung abgeschlossen und das kam nicht von ungefähr. Tim war schon immer ein eitler Charakter, ein Dandy, ein Schöngeist und von der Bohéme angezogen, wie die Motten vom Licht. Er wollte alles über die Kunst wissen, versank förmlich in den Fluten des Studiums, um nach bravourös bestandener Prüfung als echter Kunstkenner zu gelten. Ihm machte niemand etwas vor wenn es darum ging, die Arbeiten der großen Künstler auf den ersten Blick sicher zu erkennen, Originale von Fälschungen zu unterscheiden und die Preise des Sammlermarktes zu wissen. Aus diesem Grund verwarf er den Gedanken mit dem Fotogeschäft und überlegte sich, was er tun könnte, denn ihm fehlte schlicht und einfach das Geld. Im Zuge seines Prozesses, in dem ihm mehrere Jahre aufgebrummt wurden, hatte er für Entschädigungszahlungen sein gesamtes Hab und Gut verloren. Was ihm jetzt, da er wieder auf freiem Fuß war, zur Verfügung stand, war sein brillantes Wissen, sein ausgeprägter Narzissmus und ein paar Hundert Euro staatliche Unterstützung, die er am jeweiligen Monatsbeginn erhalten würde. Tim war jetzt seit drei Wochen aus dem Gefängnis und hatte sich nur halbherzig um einen Job gekümmert, um den Vorgaben des Gesetzgebers und seines Bewährungshelfers gerecht zu werden. Tief im Innersten ließ er keinen Zweifel aufkommen, dass er weiterhin auf der lichtscheuen Seite der Gesellschaft unterwegs sein würde. Mit seinen etwas aus der Mode gekommenen und trotzdem eleganten Klamotten, die er sich vor seinem Knastaufenthalt gekauft hatte, war er tagelang in der Münchener Schickeria unterwegs gewesen, hatte aber keine Möglichkeit ausmachen können, wie er jetzt vorankommen sollte. Als die Sonne aufgegangen war, krabbelte er aus den Federn, kochte sich einen Kaffee, setzte sich auf seinen kleinen Balkon und stöberte in der Zeitung. Als er die wichtigsten Nachrichten zur Kenntnis genommen hatte, arbeitete er sich durch den Anzeigenteil. Dort stieß er auf einen kleinen Artikel, der sehr bald schon sein Leben in eine andere Umlaufbahn katapultieren sollte. Wie aber hätte er das auch ahnen können, als er folgende Zeilen las:

Drei Damen im besten Alter bieten bei ansprechendem Lohn einem anständigen jungen, kunstverständigen Mann die Stelle eines Employé pour des tâches spéciales, der seine künftigen Arbeitgeberinnen unter anderem bei ihren häufigen Museums- und regelmäßigen Theaterbesuchen, dem sonntäglichen Kartenspiel, aber auch bei vielen anderen Anlässen begleiten, beraten und im Stil eines geübten Conferenciers unterstützen soll.

Gemeint war also ein Angestellter für alle Angelegenheiten, der ein geübter, unterhaltsamer Redner sein musste. Eingefordert wurden schriftliche Bewerbungen mit beigelegten Zeugnissen und Referenzen an eine vornehme Adresse in Bogenhausen.

Jeder andere wäre vor Freude unter die Decke gesprungen, nicht aber Tim Bergheim. Er lehnte sich zurück, nahm seinen Kaffee und überlegte. Was die Zeugnisse angingen, konnte er wohl schlecht mit seiner Gefängniszeit aufwarten. Aus diesem Grund hatte er sich vorausschauend im Bau von seinem Zellengenossen, einem begnadeten Urkundenfälscher, entsprechende Unterlagen fertigen lassen. Die gaukelten vor, dass er seit seinem Studium in renommierten Kunsthäusern Rund um den Globus angestellt war und hervorragende Arbeit geleistet hatte. Seine echten Studienzeugnisse rundeten ein perfektes Bild ab und so stand er wenige Tage später im Eingang einer schicken Jugendstilvilla, die einen äußerst gepflegten Eindruck machte. Als er nach dem Klingeln von einem Butler hereingebeten wurde, blendete ihn das perfekte Entrée mit seinem riesigen Lüster in der Mitte des Saals, die handgefertigten Spiegel, die unsagbar alte Standuhr, die feinen Möbel, sündhaft teuren Teppichen und einer alles einnebelnden hochherrschaftlichen Atmosphäre.

»Hier bin ich absolut richtig. Darauf habe ich so lange gewartet«, flüsterte er leise vor sich hin.

Es dauerte nur wenige Minuten, bis er in ein pompöses Büro trat, das stilvoll und doch recht gediegen eingerichtet war. Tim's Blick blieb an fast jedem Stuhl, an den hübschen Schränkchen und besonders an dem großen Tisch hängen, hinter dem drei wirklich nicht mehr junge Damen saßen. Hier war alles mit besonderem, extrem teurem Geschmack ausgesucht und mit feinem Auge aufeinander abgestimmt. Das großformatige Bild von *Joan Miro I Ferra* erkannte er sofort als Original, das schweineteuer gewesen sein musste und beim ersten Hinsehen nicht so recht zur Einrichtung passen wollte. Allerdings gehörte Tim zu jenen, die sich mit ganzer Seele auf die Kunst einließen und ein Bild nicht nur an-, sondern in es hineinschauten. Folgerichtig wurde ihm sehr schnell klar, dass das Zimmer ausschließlich um dieses Werk herum eingerichtet worden war.

»Das muss ich ihnen lassen. Geschmack haben die drei ollen Tanten«, die einem Triumvirat gleich wie die Hühner auf einer Stange dicht nebeneinander saßen, ihn mit nichtssagender Miene anstarrten und ihm das Gefühl vermittelten, als wäre er in einer dieser Castingshows deutscher Unterhaltungsmedien gelandet.

Im Grunde genommen war es ja auch nichts anderes, denn vor Tim hatten sich tatsächlich schon einige Aspiranten aus dem Fenster gelehnt, um diesen Job zu bekommen. Er konnte jedoch nicht wissen, wie viele Konkurrenten es gewesen waren und dass keiner von ihnen den nötigen Eindruck hinterließ, den sich die drei Gräfinnen *von Bornheim* erhofft hatten. Tim hatte ein feines Gespür für derartige Situationen und stellte sich bereits beim Lesen der Annonce intuitiv darauf ein. Bereits seine gepflegte Kleidung gefiel den Damen außerordentlich. Geschniegelt wie ein Pfau, eine ordentliche Priese seiner Seele innewohnende Arroganz und mit in leicht französischem Akzent elegant formulierten Sätzen stellte er sich unter Vermeidung seines richtigen Namens als Patrick Bresson vor. Sein Fälscherkumpel im Knast hatte ihm zu solchem Vorgehen geraten und alle Papiere entsprechend gestaltet. Die Schilderung seines Lebenslaufes, der die unschöne Kindheit eines kleinen Jungen aus armen Verhältnissen im Süden Frankreichs hinter sich gelassen, sich gegen die ganze Welt gestemmt und ein außerordentlich gutes Studium der bildenden Künste absolviert hatte, berührte die drei sich zunickenden Damen. Allerdings nur einen Moment, denn dieses *Trio Infernale* war bis in die tiefsten Abgründe ihrer alten Seelen völlig verrottet. Zunächst mimten sie die Aristokraten, die auf der Suche nach einem *Homme pour Tout,* einem Mann für alle möglichen Momente und Situationen in ihrem täglich Leben waren und offensichtlich in Patrick gefunden hatten. Fasziniert von seinem ausgesprochen guten Deutsch und von ewigem Misstrauen beseelt, fühlten sie ihm gerade bezüglich seiner Herkunft nachhaltig auf den Zahn, da in den vergangenen Epochen gerade die Franzosen dem eigenen Stamm böse mitgespielt hatten. Diese distanzierte Haltung lag den drei Grazien also im Blut, war Teil ihrer DNA, bestimmte ihr Auftreten und ihre Haltung einem Franzosen gegenüber. Patrick hatte in der Schule ein Lieblingsfach, und das war Französisch. Die Sprache faszinierte ihn von Anfang an. Er hatte darin so manchen Leistungskurs erfolgreich belegt, vermochte auf Zuruf mit den vielen Dialekten zu jonglieren und beherrschte sie zuletzt besser, als so mancher Franzose. Selbstverständlich waren auch die drei Damen nicht ungebildet und der Französischen Sprache durchaus mächtig. Allerdings gelang es ihnen nicht, ihm auch nur ansatzweise das Wasser zu reichen. Gänzlich unbemerkt gaukelte er ihnen eine gewisse Schüchternheit vor, wickelte sie derart um den kleinen Finger, sodass sie ihm zuletzt seine Geschichte tatsächlich abkauften.

Bereits eine Woche nach seiner Vorstellung erhielt er postlagernd (Tim hatte die Damen darum gebeten) die Zusage, einen großzügigen Scheck als Vorabzahlung und einen fertigen, zunächst bis zum Jahreswechsel befristeten Arbeitsvertrag, der zu Beginn des nächsten Monats rechtswirksam wurde. Nachdem Tim den Vertrag signiert zurückgesandt hatte, verschwand das Pamphlet in einer Schublade seiner neuen Arbeitgeberinnen und schlummerte dort unbeachtet vor sich hin.

Es war der erste September, als er seinen Dienst antrat, pünktlich mit dem Gongschlag der zuvor erwähnten Standuhr im Flur der Villa an der Tür klingelte und seinen ersten Arbeitstag in Angriff nahm. Der alte Butler George, der seiner äußeren Erscheinung nach wohl sehr bald in Rente gehen würde, ließ ihn herein, bat ihn in die Küche, stellte ihm sogleich die Köchin und das Dienstmädchen vor, um ihm anschließend sein persönliches Dienstzimmer zur Ablage seiner Sachen zuzuweisen. Anschließend führte er ihn durch das gesamte Haus, zeigte und erklärte ihm alle Räumlichkeiten, was es insgesamt zu beachten galt und wie er sich in dieser oder jener Situation zu verhalten habe. Als sich die zwei nach etwa einer Stunde bei einer Tasse Tee zusammensetzten, erfuhr Patrick wichtige Hinweise über die Umgangsformen und Routinen, die im Hause praktiziert wurden.

»Die alten Schachteln sind sehr geräuschempfindlich und spießig, wie es schlimmer nicht geht. Dazu quaken sie ohne Unterlass irgendwelche französische Floskeln, obwohl die drei *Aristocats,* wie er sie immer wieder zu bezeichnen pflegte, auf die Franzosen überhaupt nicht können«, erzählte George und machte kein Hehl draus, dass er die Gräfinnen aus tiefstem Herzen ablehnte.

»Woher stammen die *von Bornheims* eigentlich«, fragte Patrick nach.

»Das ist wie bei vielen anderen Adelsfamilien irgendwie nicht richtig bekannt. Der Clan entstammte einem Hunderte Jahre alten Geschlecht, die ihren Titel vermutlich dadurch erlangten, weil ihn einer ihrer Vorfahren im Mittelalter als Belohnung für den Sieg eines sonntäglichen Lanzenkampfs erhielt!«

»Und was hat das mit der Aversion gegen die Franzosen auf sich?«

»Nun ja. Meinungsverschiedenheiten wurden damals ziemlich rustikal geklärt und die Franzosen haben denen *von Bornheims* wohl immer wieder was auf den Kopf gegeben. Und dann musst Du wissen, dass besonders unsere drei Zicken nicht wirklich tolerant sind. Nachtragen können sie einem gut etwas. Wenn Du mal etwas verkehrt machst, wirst Du es schon mitbekommen. Den Weg zum Klo finden sie aufgrund ihrer Vergesslichkeit gelegentlich nur auf Umwegen, aber was wir verbockt haben, wissen sie auch nach Monaten noch ganz genau!«

»Wie lange bist Du den schon hier«, wollte Patrick wissen.

»Eine *Never Ending Story*, kann ich Dir sagen. Als junger Bengel trat ich in diesem Haus bei den damals recht munteren jungen Gören in den Dienst. Das heißt, ich wurde ihnen von meinem Alten, der wie alle meine Vorfahren ein Butler war, zugewiesen. Das ganze Theater dauert bis heute!«

»Du gehst doch sicher bald in Rente?«

»Das stimmt und wird auch Zeit. Ich gehe nicht davon aus, dass es ein besonderer Abschied wird. Die haben in den vielen gemeinsamen Jahrzehnten kein bisschen persönliche Nähe zugelassen und mir gegenüber immer Distanz bewahrt. Obwohl. Henriette war als Mädchen echt ein heißes Ding, hat mich aber nie zum Zug kommen lassen!«

Patrick hatte in diesem Moment ein Stück weit die Befürchtung, dass er nun die Nachfolge des alten Mannes zu besetzen hatte. Abgesehen davon, dass er das keinesfalls zulassen würde, riss ihn George auch gleich aus seinen Albträumen.

»Wie lange hast Du eigentlich vor zu bleiben?«, fragte er jetzt nach.

»Ich habe erst einmal bis zum Jahreswechsel Probezeit und dann muss man weitersehen!«

»Mach Dir man nicht zu große Hoffnungen. Die stellen jedes Jahr zum Herbst junge Kerle ein, die dann gerade mal das Weihnachtsfest erreichen, um anschließend sang und klanglos zu verschwinden, oder besser gesagt, ohne jeden Hinweis zu kündigen. Die haben die Schnauze dann alle vermutlich so voll gehabt, dass sie tags darauf einfach nicht mehr wiederkamen. Ein paar von denen fand ich ja ganz nett, aber keiner hat sich jemals bei mir verabschiedet!«

»Muss ja echt gruselig sein hier«, sagte Patrick und atmete hörbar aus.

»Ist es, mein Lieber. Ist es. Aber vielleicht bist Du ihr Messias. Ich habe neulich mitbekommen, dass sie von Dir ganz überzuckert sind. Warte es einfach ab und komm zu mir, wenn was ist. Ich kenne hier selbst die Teppichflusen persönlich und ich helfe Dir, wenn es irgendwie möglich ist!«

»Das ist nett«, bedankte sich Patrick, ging in sein kleines Zimmer, bereitete sich gedanklich schon mal auf ein nur kurzes Arbeitsverhältnis vor und beschloss aus ganz bestimmtem Grund, zu keinem Zeitpunkt auch nur eine seiner persönlichen Sachen nach Feierabend in diesem Haus zurückzulassen.

Als er die Tür hinter sich geschlossen hatte und auf einem Stuhl vor dem kleinen Schreibtisch saß, machte er sich zunächst mit seinem Zimmer vertraut. Er fand, dass selbst dieses Kämmerlein mit Geschmack eingerichtet war und fragte sich, welche der drei Damen einen so feinen Sinn für Inneneinrichtungen hätte. Ganz abgesehen davon, dass alles, was er zu sehen bekommen hatte, wirklich teuer gewesen sein musste. Nicht gerade die Sachen in dieser kleinen Stube, aber auch die waren bequem und farblich aufeinander abgestimmt. An den Wänden hingen zwei nicht zu große Aquarelle ihm unbekannter Künstler, die aber durchaus Talent bewiesen hatten. So saß er da, lehnte sich entspannt zurück und ließ den Rundgang mit George noch einmal Revue passieren.

Überall stand teures Porzellan auf den Sideboards und in Vitrinen, da lagen kostbare Teppiche auf dem Boden, hingen schwere Brokatvorhänge an den überdimensionalen Fenstern. Im Heiligtum des Hauses, der großen Kaffeestube, konnte er nur wenige Sekunden schauen und wurde wie von einem Magnet angezogen auf ein zunächst unscheinbar wirkendes Bild in offensichtlich uraltem Rahmen aufmerksam. Es war vierzig zu dreißig Zentimeter groß und schien für den Betrachter nicht ganz fertig gemalt zu sein. Patrick aber erkannte es jedoch sofort und war vollkommen überrascht. Dieser unvollendete Rembrandt war eine Probezeichnung des Meisters höchstpersönlich und seit Jahren vom Kunstmarkt verschwunden. Patrick hatte ein Faible für die

Rohskizzen und halb fertigen Werke der großen Künstler. Vor einiger Zeit hatte er in einer Fachzeitschrift gelesen, dass diese Meisterstudie in privatem Besitz war, ohne jedoch in Erfahrung bringen zu können, wer sie besaß. Es gab immer irgendwelche Vermutungen und Hinweise, die aber nie bestätigt wurden.

»Was muss in den Köpfen der Gräfinnen vorgehen, wenn sie derartige Spekulationen lasen, einfach nur den Kopf hoben und das gesuchte Werk betrachteten«, sagte er zu sich selbst und bewunderte das erste Mal die drei Grazien, die vermutlich bis zur Halskrause voller Geld steckten.

In seinem noch so jungen Leben trug Patrick bereits eine ganz wichtige Erfahrung in sich, die den meisten Menschen auf ewig verborgen blieb. Er wusste, dass man die ganz großen Dinge immer dann findet, wenn man sie nicht sucht, und dass sie niemals in den engen Grenzen der Normalität zu finden waren, denn die wirklichen Chancen bietet das Leben außerhalb aller Normen. Es bedarf allerdings einer ordentlichen Portion Mut, die eigenen Grenzen zu überschreiten. Der Rembrandtfund war der beste Beweis für diese These, der er jedoch eher im Unterbewusstsein folgte. Bewusst war ihm jedoch, welche Sensation sich ihm an diesem Morgen geboten hatte. In den nächsten Tagen würde er einen Fotoapparat mitbringen, und eine Aufnahme von diesem Wunder machen, die zum Mittelpunkt seines Planes gehörte, der ihm durch den Kopf ging.

Das Klingeln des Telefons riss ihn aus seiner Gedankenwelt. Er nahm den Hörer ab und hörte, wie sich Gräfin Henriette meldete.

»Ob Sie vielleicht einen Moment heraufkommen könnten«, fragte sie nur rhetorisch in unterschwelligem Befehlston.

»Ich bin in exakt dreißig Sekunden bei Ihnen«, gab er zurück, legte auf und ging in angemessenem Schritt, jedoch nicht zu hastig die Treppe hinauf, klopfte dezent an die Tür der Kaffeestube, warte die Eintrittsaufforderung ab und öffnete trat ein.

Als er das Zimmer betrat, ignorierte er den Rembrandt, um keine unnötige Aufmerksamkeit zu wecken. Er wusste sehr genau, dass ihn die alten Schachteln mit Argusaugen beobachten würden. Patrick hatte einen schwarzen Anzug angezogen, trug ein blütenweißes Hemd, eine elegant geschnürte Fliege und erntete die anerkennenden Blicke der Gräfin.

»So liebe ich das«, sagte sie mit leichtem, etwas gequältem Lächeln.

»Ich hoffe, ich werde dem Flair des Hauses gerecht«, antwortete Patrick.

»Doch, doch. Meinen Schwestern wird es ebenfalls gefallen!«

»Nehmen Sie Platz, Patrick, und erzählen Sie mir aus Ihrem Leben. Ich würde gern etwas über Ihre Familie und ihren beruflichen Werdegang erfahren!«

Das war natürlich zu erwarten gewesen, sodass Patrick eine aufregende, zum Teil traurige, dann wieder lustige Geschichte aus dem Hut zauberte, die von vorn bis hinten erstunken und erlogen war. Dabei spielte er gekonnt mit Vokalen, weichen Konsonanten, einem angenehm wechselnden Redefluss, wohl gesetzten Sprechpausen und Betonungen ohne zu vergessen, die ein oder andere französische Redewendung einzustreuen. Während seiner Erzählungen beobachtete er Henriette genauestens und versuchte, hinter ihre Gardinen zu schauen. Sie war von der Redekunst des jungen Mannes sehr begeistert, aber auch derart durchtrieben und ausgebufft, dass es niemandem gelang, sie auch nur annähernd einzuschätzen. Patrick meinte später, er wäre immer wieder gegen eine dicke Wand gelaufen, verließ das Zimmer nach einer guten halben Stunde aber durchaus erkenntnisreich.

»Vollkommen durchtrieben, dieses Luder. Wer in den späten Zeiten noch immer so wach ist, der muss mit äußerster Vorsicht betrachtet werden, und die beiden Schwestern sind vermutlich kein Stück besser. Mach hier nur keine voreiligen Schritte«, sagte er ganz leise zu sich selbst.

»Du hast mindestens bis zum Weihnachtsfest Zeit«, meinte er und sollte mit diesem Gedanken einen ersten, sehr bedrohlichen Fehler machen.

An seinem ersten Sonntag saß er nachmittags mit den drei Weibern am Tisch und spielte bereits seit zwei Stunden Rommé. Es wäre ihm ein Leichtes gewesen, die gedanklich doch schon etwas langsameren Mädels verlieren zu lassen, tat es aber nicht. Mit zwei schnellen Partien, die er praktisch im Vorbeigehen für sich entschied, zeigte er zum einen, dass er ein schlaues Kerlchen war und lockte zum anderen ihre Verärgerung aus der Reserve. Er hatte ihre Geduld testen wollen und verlor, als er ihre doch recht eng gesetzten Toleranzgrenzen erkannt hatte, eine Partie nach der anderen.

Zuletzt erhoben sich die Geschwister, die ganz offenkundig wie Pech und Schwefel zusammenhielten, als strahlende Sieger vom Tisch. Patrick hatte sehr wohl beobachtet, wie sie während des Spiels einander Karten zusteckten und geheime Zeichen gaben, ließ sie aber gewähren. Die Erkenntnis, dass die drei vermutlich immer gemeinsame Sache machten, erschreckte ihn nicht sonderlich, denn es musste ja einen Grund geben, warum sie ihr ganzes Leben zusammengegluckt haben.

Von George erfuhr er einige Wochen später, dass sie tatsächlich einmal verheiratet waren, ihre Männer, kurz nachdem sie aus dem glücklich überstandenen Krieg zurückgekehrt waren, nacheinander dahin schieden. Die seltsamen Umstände und die zeitliche Nähe ihres plötzlichen Ablebens, aber auch die Tatsache, dass es sich um gesunde, junge Kerle gehandelt hatte, wurde nie eingehender hinterfragt.

»Das ist wie alles hinter diesen Mauern. Wenn etwas nicht in die Welt passt, denn wird es weggelogen, ignoriert oder einfach vergessen. Ich könnte eine Menge Geschichten erzählen«, deutete der freundliche Butler an und fragte sich seit Langem, warum Patricks Vorgänger sämtlich von heute auf morgen verschwunden waren, behielt diese Gedanken aber für sich.

Patrick nahm das sehr wohl zur Kenntnis und entwickelte natürlich eigene Überlegungen, ließ davon aber keine Silbe über seine Lippen.

Bereits an seinem dritten Arbeitstag hatte er im großen Kaffeezimmer zu tun und nutzte die Minuten des Alleinseins, um eine ordentliche Aufnahme des erwähnten Bildes zu machen. Zu Hause hatte er das Foto am Computer geschickt bearbeitet und bei einem Fotografen in genau der Größe des Originals entwickeln lassen, sodass er Tage später eine qualitative Kopie des Rembrandtwerkes auf seinem Tisch liegen hatte. Einen ähnlichen Rahmen fand er bei einem Trödler auf dem Flohmarkt. Das fertige Bild nahm er mit zur Arbeit, tauschte das Original gegen die Kopie und betrachtete es aus einigen Metern Entfernung.

»Perfekt«, stellte er nach einigen Minuten fest und stellte den alten Zustand wieder her.

So vergingen die Wochen in diesem vornehmen Haus. Patrick war um seine Aufgaben bemüht, versuchte, sich auch bei den Gräfinnen Bernadette und Constanze einzuschleimen, musste aber erfahren, dass diese reichlich kühl und wenig empathisch waren.

Sie begegneten ihm niemals anders als sachlich und ließen keinen Zweifel daran, wer hier welche Rolle innehatte.

»Die zwei sind echt kalte Fische. Musst Du mal drauf achten. Die gehen zum Lachen in den Keller, damit niemand sieht, dass Ihnen etwas gefallen hat. Und wo wir schon da unten sind. Beschäftige Dich mal ihren politischen Einstellungen. Die zwei Mäuse sind derart weit rechts, die werfen selbst im Kohlenkeller noch Schatten. Glaub es mir. Ihre krepierten Ehemänner sind nirgends besser dran, als auf der anderen Seite des Himmels!«, hatte ihm George einmal erklärt.

»Henriette scheint mir da etwas anders zu sein. An sie komme ich ganz gut heran«, antwortete Patrick.

»Das ist wahr. Du musst wissen, dass sie Drillinge sind und Henriette die Letztgeborene ist. Der größte Anteil des Schlechten ist wohl bei den Schwestern zu finden. Das heißt jedoch keinesfalls, dass sie erträglich oder irgendwie nett ist. Lediglich ihre aufkommende Demenz lässt ihre Herkunft und widerliche Durchtriebenheit ein Stück weit vergessen, und das macht sie etwas zugänglicher«, führte der Butler weiter aus.

»Das habe ich noch gar nicht bemerkt, denn beim Kartenspiel ist sie voll dabei!«

»Das täuscht. Bevor Du hier angefangen hast, wollte sie spazieren gehen und bat mich in miesem Kommandoton, sie zu begleiten. Dazu sollte ich sie in den Tresenpark in die

Shoppingstrasse fahren. Was sie wirklich meint, war die Theresienwiese an der Chopinstrasse!«

»Das ist wirklich schrill«, bemerkte Patrick dazu.

»Doch bleib wachsam. Diese Lücken hat sie nur gelegentlich. Alles in allem ist sie genauso schlecht wie ihre Schwesterzicken!«

»Okay. Ich werde es mir merken!«

Die sonntäglichen Nachmittage waren zumeist dem Kartenspiel vorbehalten. Museumsbesuche, bei denen Patrick die drei Hexen durch umfangreiches Wissen, das er mit eloquentem Wortspiel vermittelte, vollends für sich einnahm, fanden unter der Woche statt. Einmal musste er an einer ihren Séancen teilnehmen. Diese Stunde sollte ihm noch eine ganze Zeit in Erinnerung bleiben, denn die Schwestern schienen unglaubliche Angst vor dem Jenseits zu haben. In der nur durch sehr spärliches Kerzenlicht erleuchteten Kaffeestube taten sie so, als könnten sie mit irgendwelchen, vermutlich ebenfalls verkommenen Ahnen reden. Außerdem wirkten sie, als hätten sie irgendwas geraucht und erschraken über die eigenen Schatten, die vom Kerzenlicht an die Wand geworfen wurden. Für Patrick war das eine absurde Veranstaltung, die an Peinlichkeit nichts übertraf. Seinen Chefinnen allerdings schien es die schmutzigen Seelen zu heilen, wenn sie sich aus der Schattenwelt so etwas wie Absolution angedeihen ließen.

Wie dem auch sei. Die Weihnachtszeit war inzwischen in vollem Gange und Patrick bereitete sich gedanklich auf das Ende seiner Anstellung vor. Diesen Schlussstrich hatten allerdings nicht nur die Gräfinnen, sondern auch der Gemeinte selbst ins Auge gefasst. Sowohl die drei Damen als auch der wahrlich nicht uneigennützige Angestellte waren innerlich intensiv mit einem furiosen Finale beschäftigt.

»The same procedure as every year?«, wollte Henriette wissen, als die Hexen am ersten Weihnachtstag zusammen in der Küche standen.

»The same procedure as every year, Mrs. Sophie!«, gab Constanze mit einem begeisternden Lächeln zurück!

Sie nämlich hatte es mit Kräutern und ihren fantastischen Wirkungen. Zu allen möglichen Anlässen braute sie irgendeinen Saft, der das Trio in die passende Stimmung beförderte, wie zum Beispiel bei den Séancen. Das jährliche Stakkato aber stand jetzt unmittelbar bevor. Bei den vielen Teestunden hatten sie unmerklich festgestellt, dass Patrick mit Vorliebe Henriettes Schokokekse verputzte. Die fand er sehr schnell derart lecker, dass er regelmäßig alles andere dafür stehen ließ, und genau dieser Erkenntnisgewinn war Sinn der Übung des häufigen Gebäckwechsels gewesen.

Constanze hatte sich schon sehr frühzeitig mit der Wirkung von Pflanzenwirkstoffen, deren fachgerechter Extraktion beschäftigt und über all die Jahre ihres Lebens einen enormen Wissensschatz erworben. Sie galt zumindest bei ihren Schwestern als Kräuterhexe, die tatsächlich zu allen möglichen und unmöglichen Angelegenheiten, Wehwehchen und anderen Bedürfnissen gekonnt und schnell etwas Passendes zusammenrührte. Insbesondere war sie eine Meisterin in Sachen Sinneserweiterung und Giftmischung. Um an dieser Stelle auf den Punkt zu kommen. Sie fabrizierte Tinkturen, die - nachdem jemand über den Jordan gegangen war - in dessen Körper nicht nachzuweisen waren. Rizin war einer dieser genialen, hochwirksamen Stoffe, den sie alle Jahre wieder zur Weihnachtszeit herstellte und in elegantem Glasfläschchen abfüllte.

Nur, um die verbogenen Seelen der Mädels einmal verständlich und in klaren Worten zu beschreiben. Die drei waren nicht nur stinkreich, uralt und arrogant, sondern auch völlig verkommene Charaktere, die sich zum Ende eines jeden Jahres den Luxus gönnten, ihrem gerade eingestellten Conférencier den Garaus zu machen und nach seinem Ableben unauffindbar zu entsorgen. Dazu muss man wissen, das sie emotional und sexuell nicht immer staubtrocken waren. In jungen Jahren hatten ihre Eltern einen Diener, der es den Drillingen nicht nur angetan, sondern auch mit Ihnen getrieben hatte, und zwar mit allen dreien. Er versprach ihnen, die Sterne vom Himmel zu holen und versicherte jeder seine unbedingte Treue. Es dauerte natürlich nicht lang, bis seine

Verlogenheit ans Tageslicht kam, die eifersüchtigen Zicken zunächst aufeinander losgingen, um sich sehr bald zu solidarisieren und ihre gemeinsame Energie zu bündeln, den liederlichen Gigolo abzumurksen und im väterlichen Forst einer Wildschweinrotte zum Fraß vorzuwerfen. Diese geborstenen Monster verstanden sowohl ihr Handwerk als auch ihre Aufgabe. Am nächsten Morgen machten sich die Schwestern auf, um das Ergebnis des nächtlichen Schweinewerks anzusehen und siehe da, von diesem Don Juan für Arme war rein gar nichts mehr zu sehen. Die Viecher hatten den Hasardeur ratzeputz aufgefressen. Wie der erlittene Liebesschmerz überdauerten auch die Rachegelüste der Damen die Zeit, die sich alle Jahre wiederholten und längst zum Weihnachtsritual mutiert waren und das sie auch mit Patrick fortsetzen würden. Soweit jedenfalls der Plan.

Als Henriette also den Teig für Patricks Kekse gerührt hatte, träufelte Constanze ein paar Tropfen hinzu und ab gingen die anschließend formschön ausgestochenen Leckereien in den Backofen. Als sie eine Stunde später dampfend auf dem heißen Blech lagen, hätte niemand erkennen können, dass sie den Tod in sich bargen, denn es hätte bereits ein einziger Tropfen genügt, alle Kekse derart zu vergiften, dass man damit eine Armee hätte töten können.

»Wir müssen sie vor Bernadette verstecken«, sagte Henriette besorgt an ihre Schwester denkend.

»Das stimmt. Die ist so verfressen, dass sie sich jedes Jahr fast selbst umbringt, weil sie an allem herumknabbern muss«, gab Constanze zurück und verschloss das Gebackene in ihrem Schlafgemach.

Patrick hingegen ahnte von all dem nichts. Er lebte in seiner abgeschirmten Welt, machte sich um eintausend Dinge Gedanken und ging stets pünktlich seiner Arbeit nach. So schien es jedenfalls, so war es aber nicht und davon wiederum wussten seine Arbeitgeberinnen nichts.

Bald kam das Weihnachtsfest im adligen Hause, der Heilige Abend wurde einigermaßen emotionslos und wenig christlich begangen. Es gab für das Personal einen Putenbraten, in einem Umschlag jeweils eine mickrige Weihnachtsgratifikation und das war es auch schon. Für die Feiertage bekamen die Angestellten frei. Alle, nur nicht Patrick, den genau das stutzig machte, ohne sich erklären zu können, was das zu bedeuten hatte. Aber er hatte Hundehaare in der Nase und die reagierten in diesem Moment.

Was läuft hier, dachte er misstrauisch.

George, den er inzwischen ins Herz geschlossen hatte, verabschiedete sich ebenfalls sehr seltsam, bevor er das Haus verließ. Auf Nachfrage hätte ihm der alte Mann erklärt, dass sich auch diese Situation alle Jahre wiederholte, denn nach den Festtagen hatte er keinen seiner Vorgänger wiedergesehen.

Tags darauf saßen die von Bornheims mit Patrick in der großen Kaffeestube und spielten Karten. Entgegen des sonstigen Flairs im Hause war es an diesem Tag äußerst weihnachtlich, warm und gemütlich. Bei Patrick schrillten die Alarmglocken und weil er so angespannt war, mochte er weder etwas trinken oder essen, rührte seine vor ihm stehenden Lieblingskekse nicht einmal an und stellte die Schwestern, die natürlich für genau diesen Fall auch einen gewalttätigen Notfallplan ausgeheckt hatten, vor Probleme.

»Mögen Sie heute keine Kekse?«, fragte Bernadette aufdringlich und erntete böse Blicke von Constanze und Henriette, die bereits über die Aktivierung von Plan B nachdachte.

Patrick, oder wieder Tim, hatte natürlich auch eine Vergangenheit. In seiner nicht unbedingt angenehmen Kindheit wurde er über Jahre von seiner Großmutter unsittlich berührt, was ihn seelisch tief verletzte und sein Wesen veränderte. Er hatte einen tief sitzenden Hass auf alte Frauen und konnte nie für einen anderen Menschen Gefühle der körperlichen Zuneigung entwickeln. Die Flucht in die Bohéme ließ ihn überleben und machte aus ihm mit der Zeit einen echten Kenner. Er brach auf seinem geldgierigen Weg immer wieder in Häuser alter, reicher Frauen ein, die er zunächst ausraubte und anschließend umbrachte. Vor sieben Jahren hatte er einmal nicht aufgepasst, einen fatalen Fehler gemacht, wurde erwischt, verurteilt und inhaftiert. Inzwischen hatte er seine Strafe vollständig abgesessen und sich während seiner Haft durchaus geändert, jedoch nicht seinen Altweiberhass abgelegt. Den pflegte er mit aller Hingabe in seiner desorientierten Seele. Folgerichtig fand man am ersten Arbeitstag nach dem Fest Henriette, Constanze und Bernadette von Bornheim mit sauber durchtrennten Kehlen aufrecht am Tisch sitzen. Ihre Kleider und der Boden unter den Füßen waren von mittlerweile trockenem Blut getränkt. Die drei hatten ihr Leben gemeinsam begonnen und es auch zusammen in derselben Minute verloren. Die Polizei sollte später feststellen, dass ihre Hälse jeweils mit einem professionell ausgeführten, sicheren und feinen Schnitt geöffnet wurden. Eitel, wie Tim nun mal war, hatte er für seine Tat eine edle, ultrascharfe Damaszenerklinge benutzt.

Jetzt summierten sich die vielen kleinen Elemente dieser Geschichte zu einer Kette, die es der Polizei unsagbar schwer machte, die Ermittlungen zum Erfolg zu führen. Da waren die Hausangestellten, die Tim nur als Patrick Bresson kannten. Da er auch nie an Gesellschaften der von Bornheims teilgenommen hatte, wusste in deren Freundes- und Bekanntenkreis niemand etwas von seiner Existenz. Seine Reinlichkeit und der Umstand, dass er auf Anordnung der verblichenen Schwestern während der Arbeit stets weiße Handschuhe zu tragen hatte, sorgte dafür, dass die Ermittler keinen Fingerabdruck von ihm finden konnten.

Es war von Anfang an aus den bekannten, ganz eigennützigen Gründen die präzise Spurenvermeidungsinitiative der drei Schwestern. Dass sich nun ihr eigener Plan gegen sie gerichtet hatte, war vielleicht nur ganz einfach ein Zufall. Sie selbst waren es, die sich in ihrer Mordgier und grenzenloser Arroganz die Laus ins Fell gesetzt hatten.

Ist doch Ihre eigene Schuld, mag sich das Schicksal dazu gedacht haben, obwohl es durchaus bezweifelt werden darf, dass das Schicksal überhaupt denkt. Seine Aufgabe ist es doch, einfach nur zu geschehen. Klären lassen wird sich das aber nicht wirklich.

Unmittelbar, nachdem Tim den ollen Ladies die Gurgel durchtrennt hatte, ging er in sein kleines Zimmer, holte die versteckte Rembrandtkopie aus seinem Schrank, wechselte sie gegen das Original und betrachtete aus der Entfernung, ob es auch richtig hing. Da Henriette zu Lebzeiten sehr oft vor diesem Kunstwerk stand, ließ Tim seinerzeit das Original an seinem Platz, da sie ihm möglicherweise auf die Schliche gekommen wäre und die Polizei informiert hätte. Dann nämlich wäre nicht nur der Diebstahl aufgeflogen, sondern anhand seiner DNA auch die von ihm begangenen Morde an den anderen Frauen aufgeklärt und ihm angelastet worden.

Bevor er also das Haus verließ, in dem er jetzt ganz allein war, prüfte er nochmals, ob irgendwelche Spuren von ihm gefunden werden konnten. Zuletzt reinigte er intensiv sein kleines Zimmer und wollte gerade gehen, als ihm sein Arbeitsvertrag in den Sinn kam, auf dem seine - wenn auch absichtlich veränderte - Handschrift zu sehen war. Also ging er noch einmal zurück zu den jetzt ausgebluteten, inzwischen sehr blassen Schreckschrauben, fand das Papier in einer Schublade und nahm es an sich. Er wollte gerade gehen, als sein Blick auf das noch immer unberührt auf dem Tisch stehenden Tellerchen mit den leckeren Keksen fiel. Er wollte sich gerade daran machen, etwas Marschverpflegung in die Taschen zu stecken, als er durch einen lauten Knall vor dem Haus abgelenkt wurde. Erschrocken rannte er zum Fenster und sah auf der Straße ein aus dem Auspuff qualmendes Auto vorbeifahren.

»War wohl nur eine Fehlzündung«, sagte er zu sich und meinte, dass es endlich an der Zeit wäre, sich aus dem Staub zu machen. Von diesem Vorfall abgelenkt hatte Tim die Kekse ausgeblendet, nahm das längst verpackte Bild an sich und verschwand auf Nimmerwiedersehen.

Die Ermittler der Polizei standen später vor einem riesigen Problem. Niemand kannte den verschwundenen Angestellten, es gab keine Spur von ihm und wie das vergiftete Gebäck ins Bild der Tatumstände passen sollten, war einfach nicht zu klären. Mit einem Wort, dieser Dreifachmord wurde nie geklärt.

Das gefälschte Bild an der Wand fiel erst auf, als ein versierter Kunsthändler im Auftrag des Gerichtes den Nachlass der Schwestern sortierte, um ihn für eine Auktion vorzubereiten.

»Unglaublich. Solche Werte im Haus und keine Alarmanlage«, sagte er den ermittelnden Beamten. I

»Das stimmt. Dummheit stirbt eben nicht aus«, war die Antwort des Kripochefs.

Es dauerte ein knappes Jahr, bis das Original des erwähnten Bildes von einem russischen Oligarchen auf dem Kunstmarkt zum Verkauf angeboten wurde und auf Umwegen bei der Polizei landete. Tim war zu diesem Zeitpunkt für seine Häscher unauffindbar im Dunkel des Zeitgeschehens untergetaucht.

Du solltest einfach nur Leben

Der Regen fiel in Strömen aus den schweren, grauen Wolken dieses tropisch warmen Sommertages. Felix saß unter einem großen Schirm auf einer Bank und schaute hinaus auf den See, dessen vorhin noch spiegelglatte Oberfläche durch die himmlischen Sturzfluten und zeitweiligen Windböen inzwischen heftig in Unruhe geraten war. Er beobachtete die Szenerie voller Begeisterung und fragte sich, ob es so sehr von oben heruntergießen könnte, dass der See über seine Ufer treten würde, verfolgte diesen Gedanken aber nicht weiter, weil er von einem grellen Blitz und krachendem Donner hoch über ihm abgelenkt wurde. Er liebte diese seltenen Tage und ihre trotz des Gewitters beruhigende Stimmung. Er hatte sich bei stürmischem Wetter aufgemacht und war zu diesem verlassenen Kleinod gekommen, wohl wissend, dass außer ihm niemand unterwegs sein würde. Es verging eine gute halbe Stunde, als Felix hinter sich ein paar leise, über den Asphalt schlurfende Schritte vernahm. Er drehte sich um und staunte über den alten Mann, der unter einem großen Schirm des Weges kam, offensichtlich nicht mehr gut zu Fuß war und direkt auf ihn zuhielt.

»Entschuldigung. Darf ich neben Ihnen Platz nehmen?«, fragte er in freundlichem Ton.

»Aber selbstverständlich. Die Bank ist für alle da. Sie ist aber vollkommen nass. Sie sollten das Wasser wegwischen, bevor Sie sich setzen«, antwortete Felix.

So geschah es und der Fremde ließ sich entspannt nieder, lehnte seinen müden Körper zurück und machte es sich unter seinem Schirm gemütlich. Dann schwieg er und schaute minutenlang reglos auf den See. Felix blickte aus seinen Augenwinkeln zu ihm, wollte den nachdenklichen Mann jedoch nicht stören und blieb ebenfalls stumm. Er konnte es sich auch später nie erklären, warum dieser Unbekannte von der ersten Sekunde an seine ganze gefesselt hatte. Der heftige Regen, der See, die dramatische Gewitterstimmung. Es interessierte ihn plötzlich nicht mehr und er suchte nach einer Möglichkeit, ihn anzusprechen. Er überlegte ich ein Thema, auf das der seltsame Gast vielleicht reagieren würde, als dieser – noch immer über den See schauend – sagte:

»Das kenne ich auch!«

»Ich verstehe nicht?«, fragte Felix.

»Na, dass ich etwas sagen möchte und mir nichts Passendes einfällt!«

»Aber ich ....«

Weiter kam er nicht, fühlte sich irgendwie ertappt und dachte, woher der Fremde wohl wissen konnte, was ihm gerade durch den

Kopf ging. Dann wurden seine Gedanken unterbrochen, denn der alte Mann fragte weiter und wollte Felix vielleicht davon ablenken, seinen Überlegungen zu folgen, die er ohnehin nicht verstehen würde.

»Was gefällt Ihnen daran, hier allein im Regen zu sitzen?«

Felix sah zu ihm hinüber und in diesem Augenblick begegneten sich ihre Blicke das erste Mal. Es traf ihn wie ein Blitz, geradezu, als bohrten sich zwei Nadeln in seinen Kopf. Ein eiskaltes Blau leuchtete aus mysteriösen Augen unter kräftigen, grauen Brauen hervor. Ihr Ausdruck duldete weder Zweifel noch Widerspruch. Fest und unerschütterlich, stark und doch auf sehr seltsame Weise nachgiebig, mild, vielleicht so gar liebenswürdig.

Wer war dieser Mensch, dessen gepflegter, langer Bart ihn an den Zauberer *Belgarat* aus David Eddings *Malorea-Saga* erinnerte. Felix beobachtete, dass sich die Haare in diesem extrem scharf geschnittenen, ausdrucksstarken Gesicht trotz des heftigen Windes nicht einen Deut bewegten, und das war mehr als verwunderlich. Hier stimmte etwas nicht. Was er sah, konnte so eigentlich überhaupt nicht sein.

»Es ist diese sonderbare Stimmung, die mich immer wieder fesselt. Ich mag alle Extremwetterlagen, besonders aber diese tropische Atmosphäre während eines Sommerregens. Das wirkt auf mich beruhigend, geradezu hypnotisch. Ich brauche lediglich eine Zeit lang dem Geräusch des fallenden Regens zu lauschen und schon bin ich irgendwie ganz weit weg. Und überhaupt. Sie können mich ruhig beim Vornamen nennen. Ich bin gerade einundzwanzig Jahre alt und heiße Felix!«

Insgeheim hoffte er, auf diesem Weg den Namen seines Gegenübers zu erfahren, was ihm aber nicht gelang. Allerdings wagte er es nicht, danach zu fragen, denn die überlegen ruhige Art dieses erstaunlichen Mannes flößte ihm ungeheuren Respekt ein. Ihr Gespräch entwickelte sich, ohne dass Belgarat, wie Felix ihn fortan und nur für sich im Geiste nannte, irgendetwas Näheres aus dessen Leben preisgab. Dann aber folgte eine Frage, die den jungen Mann fasst von den Socken riss.

»Kennst Du den Schriftsteller David Eddings und dessen fantastische Geschichte von einem Land namens Malorea?«

Kann der Gedanken lesen, ging es dem Gefragten durch den Kopf. Wie geplättet brachte er in etwas unsicheren Ton hervor:

»Ja. Kenne ich und finde die Story unglaublich toll!«

Der mysteriöse Mann wechselte das Thema und befreite Felix von dem inneren Druck, dass da jemand in seinen Überlegungen spazieren ging. Er tat diese seltsame Frage als reinen Zufall ab und lauschte den neuerlichen Worten.

»Wo soll es hingehen in Deinem Leben? Was möchtest Du mit der Zeit anfangen, die Dir gegeben ist? Was ist Dein nächstes großes Ziel?«

»Eigentlich sitze ich hier und warte auf meine Freundin!«

»Du liebst sie sicherlich?«

»Ja sehr. Und ich kann es kaum erwarten, sie zum Altar zu führen. Sie sagt zwar immer, ich solle nicht so drängeln, aber in diesem Punkt bin ich einfach sehr ungeduldig!«

Belgarat schwieg für ein paar Sekunden, sah dann zu Felix und sagte:

»Wenn Du magst, kann ich Dir helfen!«

»Wie? Ich verstehe nicht?«

»Wirf ein Blick auf Deine Uhr. Es ist genau zwölf Uhr mittags. Dreh den Zeiger einfach auf dreizehn Uhr und sieh, was passiert!«

Felix stutzte, blickte auf seine Uhr, dann zu dem alten Mann, überlegte und tat, wie ihm geheißen. Kaum hatte er den großen Zeiger auf die Eins gestellt, sah er sich in einer großen, hellen Kirche. Sie war erfüllt von tragenden, äußerst harmonischen Orgelklängen. Da saßen viele Menschen auf den Bänken. Seine gesamte Familie, seine Freunde, die Angehörigen seiner Lisa, die in einem wunderschönen, weißen Kleid neben ihm ging und sich mit lächelndem Gesicht von ihm zum Altar führen ließ, wo das Paar vom Pastor, der die beiden vor vielen Jahren schon getauft hatte, erwartet wurde. Es folgte eine wunderbare Zeremonie, die alle anwesenden zutiefst berührte. Anschließend folgte auf dem väterlichen Hof eine rauschende Ballnacht, die erst weit nach Mitternacht endete.

Tage später lag Felix wach neben seiner schlafenden, bildhübschen Gattin, lauschte ihrem leisen Atem, sah sie an und dachte sich, wie es wohl wäre, von diesem wunderbaren Wesen zwei Kinderchen zu bekommen und sie im eigenen Häuschen aufwachsen zu sehen.

Felix erschrak heftig. Als er diesen Gedanken gerade mit Bildern gefüllt hatte, sah er sich plötzlich auf der Bank am See neben Belgarat sitzen, der ihn anschaute und sagte:

»Sieh erneut auf Deine Uhr. Sie zeigt noch immer auf die eins. Was meinst Du was passiert, wenn Du sie eine Stunde weiter stellst?«

Felix überlegte nur einen Moment, freute sich, drehte den Zeiger kurzerhand weiter und sah auch diesen Traum erfüllt. Da war ein hübsches kleines Haus mit Garten und vielen Blumen. Er saß in seinem Sonnenstuhl und beobachte seine zwei Kinder beim Spielen. Bald hörte er die Stimme seiner liebevollen Gattin, die nach ihrer kleinen Rasselbande, wie sie ihre Kinder und ihren Vater zu nennen pflegte, rief, da das Mittagessen fertig sei.

Warum soll ich überhaupt auf die schönen Dinge des Lebens warten, wenn ich sie bequem herbeizaubern kann, ging es ihm durch den Kopf. *Wenn ich sie sofort habe, kann ich alles doch sehr viel länger genießen,* waren seine weiteren Gedanken. So lag es sehr nahe, dass Felix - wie jeder andere Mensch auch - noch eine ganze Reihe großer Wünsche hatte, die auf bekanntem Weg sofort in

Erfüllung gingen, kaum, dass sie in seinem Denken aufgetaucht waren, bis er eines Tages erneut die Uhr verstellt hatte und wieder bei der Zwölf angekommen war. In diesem Moment hob er seinen Kopf, blickte in den Spiegel und erschrak, was er sah.

Vor ihm stand ein uralter Mann. Lange, graue Haare, ungepflegt, missmutig, einsam. *Oh weh, wie schnell ist doch mein Leben dahingegangen. Indem ich mir all meine Wünsche erfüllte, bemerkte ich nicht, dass mein Leben gleichzeitig der Wartezeit auf all die schönen Dinge beraubt wurde. Warum also hatte ich nicht die Geduld, die Zeit und die Dinge des Lebens einfach abgewartet? Viel zu schnell flogen die Jahre dahin. Jetzt wartet nur noch mein Ende.*

Tagelang rannte er wie benebelt durch das leere Heim. Seine Frau war schon vor Jahren gestorben, die Kinder längst aus dem Haus und der Garten, seit Lisa gegangen war, völlig verwildert. Er wusste weder ein noch aus. Die Verzweiflung über das Unwiederbringbare beherrschte seinen Geist und ließ ihm fortan keine Ruhe mehr. In diesem Durcheinander verließ er eines Tages das Haus und ging mit wackeligen Beinen, gestützt von einem Gehstock, in gebeugter Haltung hinunter zum See. Dorthin, wo alles begann. Er setzte sich, schaute hinaus auf das Wasser und bemerkte, dass es zu regnen begann. Sturm kam auf und der Niederschlag wurde heftiger. Bald saß er unter seinem Schirm und erinnerte sich, dass ihm genau dieses Wetter vor vielen vielen Jahren immer so sehr gefallen hatte, als er plötzlich Schritte hinter sich hörte und ein älterer Mann darum bat, sich zu ihm setzen zu dürfen. Felix drehte sich um und erschrak.

»Ich kenne Sie doch. Sie sind doch der Mann....?«

»Ja. Der bin ich. Du hast mich im Geist immer nach dem Zauberer aus David Eddings Fantasiegeschichte Belgarat genannt! Das hat mir gefallen!«

»Sie sind in all den Jahren nicht einen Tag älter geworden?«

»Zeit, lieber Felix, spielt dort, wo ich herkomme, keine Rolle. Bei Dir sieht das ganz anders aus! Wie also ist es Dir in den vielen Jahren ergangen?«

Der Greis öffnete seine Seele und ließ seinem Kummer freien Lauf. Er berichtete, was er getan hatte, dass seine Ungeduld zu seinem Verhängnis wurde und er viel zu spät einsah, zu hastig gewesen zu sein, was ihm nun unendlich Leid täte. Doch jetzt war es zu spät, sein Leben wäre vertan.

Belgarat beobachtete ihn mit prüfenden Blick und erkannte, dass das Leid des Greises aus tiefster Seele kam und von unbedingter Ehrlichkeit beseelt war.

»Das war es, was ich Dich zu lehren versuchte. Ich sehe, Du hast den bitteren Geschmack Deiner Lektion erfahren!«

»Was meinen Sie?«

»Das Spiel ist in sich sehr einfach. Du hast den Zeiger Deiner Uhr für jeden Wunsch eine Stunde weitergestellt. Nun erwache aus Deinem Kummer, vergiss niemals in Deinem Leben, was Dir widerfuhr. Ich bitte Dich also, dreh jetzt den Uhrzeiger zurück auf die Zwölf, an der Du damals angefangen hast. Doch bevor Du das tust, höre, was ich zu sagen habe!«

Was jetzt folgte, war kein guter Rat. Es waren Worte in unwiderstehlicher Klang, scharf wie ein Messer, durchdringend wie ein vernichtender Hieb, als kämen sie aus dem Inneren einer alles beherrschenden Kraft.

»Grübele nicht, denk nicht so viel und erwarte nur wenig. Du solltest einfach nur leben!«

Plötzlich schien sich ein zäher Schleier zu heben, sich ein Nebel zu lichten, eine düstere Nacht vom Tag besiegt zu werden.

Auf der Bank am See saß der junge Felix. Er schien aus einem seltsamen Traum zu erwachen. Er versuchte sich zu orientieren, tat sich aber schwer. Geradeso, als wollte sich ein seltsamer Traum noch nicht von ihm lösen. Dann aber war der Junge wach. Vorsichtig, sogar ein wenig ängstlich, blickte er nach rechts und sah, wie sich ein älterer Herr von der Bank entfernte, auf der die zwei gerade noch zusammengesessen hatten. Der Regen fiel noch immer in Strömen vom Himmel, allerdings zog das Unwetter langsam ab und bald brachen die ersten Sonnenstrahlen durch mächtiges Gewölk. Dann wurde der Himmel blau, der Wind flaute ab und die warmen Temperaturen ließen die alles eindeckende Feuchtigkeit zu neuerlichem Nebel werden.

Als Felix mit jetzt klarem Blick die mystische Szenerie beobachtete, freute er sich von innen heraus über diesen magischen Moment. So saß er dort noch eine kleine Weile, hatte keine Ahnung, wie viel Zeit inzwischen tatsächlich vergangen war, als Lisa genau auf dem Weg zu ihm kam, auf dem Belgarat ihn zuvor verlassen hatte.

Der Stau

Die Sonne brannte an diesem Sommertag auf den Asphalt, als gäbe es für sie nichts Besseres zu tun, als den Boden unter unseren Füßen (oder sollte ich besser sagen, unter den Reifen) geradezu unerträglich aufzuheizen. Aber die glühende Scheibe dort oben am Himmel macht ja ohnehin, was sie will und so lange sie weiterhin am Abend hinter dem Horizont verschwindet, soll es mir auch egal sein. Hauptsache, es wird am Ende des Tages duster und ich kann mich ungestört meiner täglichen Lieblingsbeschäftigung, dem nächtlichen Tiefschlaf, hingeben. Außerdem nervte die Tageshitze gar nicht so sehr, wie es sich zunächst anhören mag, denn erstens waren und sind wir eine wettererprobte und keinesfalls zimperliche Meute und zweitens gelangten die Sonnenstrahlen ja nicht vollständig auf die Straße. Vielmehr trafen sie auf die Unmenge sich aufstauender Kraftfahrzeuge, die sich an besagtem Nachmittag einem riesigen Lindwurm gleich vor einer Dauerbaustelle, an der aber irgendwie nie gearbeitet wurde, langsam vorwärts quälten. Wir, das war schon immer und ist bis heute eine durchaus als ziemlich bekloppt zu bezeichnende, stauverliebte Gang, die sich aus allen Teilen dieses Landes zusammengefunden hatte und sich ohne vorherige Absprache besonders an den Wochenenden mit ihren Fahrzeugen an den auch ohne uns schon vollkommen überlasteten Verkehrsknotenpunkten deutscher Autobahnen traf. Die Kunst dabei ist es, die Kumpels in den oft kilometerlangen Blechkarawanen zu finden. Aber das erwies sich vor allem in den letzten Jahren eigentlich als nicht wirklich schwierig, denn es gibt ja Telefon, WhatsApp und den Zufall, der häufig dafür sorgte, dass wir einigermaßen dicht beieinander zum Stehen kamen. Bei allem Ernst. Wer opfert schon seine mehr als wohlverdiente Freizeit, um sich freitags im Feierabendverkehr auf dem ewig verstopften Ruhrpotthighway, der A 40, durch den zumeist im Schritttempo dahin kriechenden Strom der scheinbar endlosen Lawine zu schieben, nur, um nach überstandenen Qualen gegen Mitternacht quer durch die Republik Richtung Süden zu rasen, um andere Staus zu erleben.

Wir also. Völlig durchgeknallt und auf Kriegsfuß mit Greta Thunberg. Nur, weil dieses permanent die Schule schwänzende Gör aus dem Smörrebrotland weltweit ihre Altersgenossen von der Penne abhält, müssen wir Halbirren mit unserer durchaus seltsamen Freizeitgestaltung doch nicht gleich auf Entzug gesetzt werden. Und überhaupt. Seien wir doch mal ehrlich. Dieser Hype um *Friday for Future* fand doch bei den Jugendlichen nur so viel Zuspruch, weil so das weltweite Schwänzen des Unterrichts legalisiert wurde. Wir, der verrückte Haufen, steht auf großkalibrige Saugmotoren und *Friday for Hubraum*, womit wir wieder auf der

A 40 wären. Was dem gemeinen Autofahrer ein Graus ist, erscheint uns als göttlicher Himmelszeig. Ich rede vom Verkehrsfunk. Wenn der endlich das aktuelle Radioprogramm unterbricht, sucht Ottonormalverbraucher sofort nach Ausweichmöglichkeiten und hofft, dass das Navi alle Ausweichrouten vor allem rechtzeitig ausposaunt. Wir aber sind genetisch ganz anders geartet, haben ein durchaus verkorkstes Strickmuster. Für uns gilt in diesen Momenten nichts anderes, als mit Vollgas in das Auge des Hurrikans vorzustoßen, um den angemahnten Kollaps hautnah zu mitzuerleben. Wir alle haben in unserer Vereinigung natürlich auch Regeln. Beispielsweise verursachen wir selbst keinen Stau, wenn wider Erwarten einmal nichts los ist auf Deutschlands Straßen und wir fahren nirgends hin, wo sich der Verkehr aufgrund eines schweren Unfalls mit Verletzten oder Toten staut. Aber hier fällt es uns doch häufig schwer, ruhig zu bleiben. Menschen, die zu Schaden kommen, tun uns natürlich leid. Aber einen solchen Crash zu Hauptreisezeit in den Sommerferien, der aufgrund stundenlanger Vollsperrung eine sicherlich auf dreißig Kilometer und mehr anwachsende Karawane verursachen würde und sich schon mal bis zum nächsten Tag halten könnte, ist der Himmel auf Erden, ein Eldorado für die Staujäger. Da wäre die Zeit bis zum Samstagnachmittag schon mal sicher verplant. Aber wie ich schon sagte. Daran beteiligen wir uns nicht. Meistens jedenfalls. Manchmal. Selten.

Um unsere DNA, unsere Triebfedern, unsere schräge Passion etwas näher zu beleuchten, wollte ich von meinen überaus spannenden Erlebnissen des vergangenen Wochenendes berichten, denn es war geradezu symptomatisch für eine ideale Ereigniskette, die wir Asphaltwarrior uns immer wieder aufs Neue erträumten.

A2 Richtung Westen, Kreuz Leverkusen, zwei Kilometer vor der Ausfahrt auf die A1 Richtung Köln. Freitag, fünfzehnuhrdreißig. Stillstand bereits seit einer Stunde und eine Weiterfahrt steht erst einmal nicht auf dem Plan. Laut Verkehrsfunk hat es genau vor der Abfahrt einen Unfall gegeben, bei dem zwar niemand verletzt wurde, aber eine Menge Öl aus dem Motor eines der Beteiligten hatte die gesamte Richtungsfahrbahn verunreinigt. Die Feuerwehr war bereits mit einer Crew zur Fahrbahnreinigung unterwegs, das Einsatzfahrzeug aber hinter uns im Stau stecken geblieben.

»Da hat der germanische Kartoffelkäfer mal wieder gezeigt, wie man am Besten keine Rettungsgasse bildet, damit es auch ja nicht weiter geht«, sagte ich Hinrich, der sowohl mit seinem voll ausgerüsteten Camper als auch mit seiner Gattin fast direkt hinter mir stand.

Er hatte inzwischen schon sein Staumobilar heraus gekramt, aufgrund der Hitze einen knallbunten Sonnenschirm aufgestellt und mich zum Kaffee eingeladen. Hilde, seine Frau, sorgte in ihrer Liebe und Häuslichkeit sowohl für ihren Mann als auch für den Rest unserer Truppe. Kuchen, Bouletten, Kartoffelsalat, Würstchen,

Getränke aller Art, heiß oder gut gekühlt. Es fehlte uns an nichts. Dazu erschien sie mir mit ihrer geduldigen Freundlichkeit immer wieder wie eine gute Fee. Es war wie im eigenen Garten zu Hause, wenn Freunde zu Besuch waren. Gut. Ganz so war es eben nicht. Die Sonne zeigte sich einmal mehr als ungnädig und ballerte im Zenit, als wollte sie uns alle rösten, was ihr in gewisser Weise auch gelang. Aber es gab ja Hilde. Sie war stärker als der himmlische Glutofen. Genauso rund, dafür aber ständig mit der Anlieferung von Kaltgetränken beschäftigt. Und die Luft verbreitete auch nicht unbedingt ein ländliches Flair, das der gestressten Seele Erholung bieten könnte. Würde man jetzt, wie in den Großstädten, die Luftverschmutzen messen, wäre der zulässige Höchstwert locker überschritten. Ein jeder, auch Du, der oder die meinen Bericht liest, kennt das Kreuz Leverkusen und wir wissen alle, dass dieses Nadelöhr dauernd verstopft und dadurch bedingt die zulässigen CO_2-Werte ständig überschritten werden.

In letzter Konsequenz müssten die Behörden doch auch hier ein Fahrverbot verhängen. Man stelle sich das vor. Durchfahrtsverbot Leverkusen Nord. Wie doof ist das denn? Die Republik stünde von jetzt auf gleich still.

Inzwischen hatte sich auch Erich eingefunden. Er ist aus Bottrop und Mitbegründer unseres Teams, dass sich übrigens vor Jahren in einem Stau am Kamener Kreuz gefunden hatte. Erich sagte nicht sehr viel, aber was über seine Lippen kam, war wohl überlegt und messerscharf auf den Punkt gebracht. Wir drei saßen also letzte Woche gut versorgt in gemütlicher Runde und tauschten unsere Gedanken über Geschwindigkeitsbeschränkungen aus.

»Das ist doch lediglich momentanes Politgedröhne. Wenn sie da in Berlin nichts anderes haben, geht's auf die Autofahrer. Steuern und Sonderabgaben gehen aber nur mitten und während der Legislaturperioden. Kurz vor den Wahlen zücken sie dann Stimmen erheischend die Geschwindigkeitskarte und der gemeine Wähler fällt prompt drauf rein. Bei den Wahlen tun sie an den Urnen immer so, als ginge es um die Begegnung Borussia Dortmund gegen Bayern München. Dabei ist es doch egal, wer von denen die Mehrheit bekommt. Rasiert werden wir ohnehin alle, und zwar mit stumpfer, rostiger Klinge, dafür aber ohne Schaum«, sagte Heinrich resignierend.

»Das stimmt auffallend und wissenschaftlich wird ein solches Vorhaben auch nicht nur bejaht«, antwortete ich zustimmend.

So ging unsere Unterhaltung eine ganze Weile, bei der Erich zwar aufmerksam zuhörte, aber keine Silbe von sich gab, bis er irgendwann hinter dem Busch hervorkam und als einziger einer gesetzlichen Temporegelung zustimmte. Unsere Runde war inzwischen auf neun Leute angewachsen, denn die Bayern und die Sachsen waren mittlerweile auch eingetroffen und alle starrten auf unseren arbeitsscheuen Altagsphilosophen, der völlig entspannt in Runde blickte und die kollektive Aufmerksamkeit einen Moment schweigend genoss. Dann aber kam das, worauf alle warteten und binnen Sekunden unser Zwerchfell malträtieren sollte.

»Also, ich finde eine Regelung von ein hundertdreißig optimal, wir müssen dann nur noch etwas für außerhalb geschlossener Ortschaften finden!«, gab er trocken grinsend von sich, sodass wir uns vor Lachen kaum bändigen konnte.

Wir waren noch alle mit dieser Pointe beschäftigt, als dieser unverbesserliche Spaßmacher schon wieder etwas anderes ausheckte. Rechts neben uns stand eine große Limousine, hinter dessen Lenkrad ein dicker Mann mit hochrotem Gesicht saß und sich künstlich über den Stillstand aufzuregen schien. Hektisch reckte er seinen Kopf mal nach links, dann wieder nach rechts, erhob sich hinter dem Lenkrad und hoffte irgendwie erkennen zu können, wann es denn endlich weitergehen könnte. Wir beobachteten ihn eine kleine Weile und machten unsere kleinen Späße. Das schien er irgendwie bemerkt zu haben, denn er schaute bald herüber und bedachte uns mit strafendem Blick, schien aber doch erkannt zu haben, dass das alles nichts half. In dem er das Fenster herunter drehte, hörten wir noch einige wilde Flüche, mit den er uns bedachte. In seinem Wahn hatte er nicht darauf geachtet, dass auf der rechten Fahrbahn neben ihm ein riesiger Sattelschlepper stand, dessen Fahrer genau in der Sekunde den riesigen Motor der Zugmaschine startete, als sich bei der Limousine die Fenster öffneten. Nun. Wenn jemand berechtigt über saubere

Luft reden dürfte, war es das rot gefärbte Nervenbündel in diesem Auto. Damit aber noch nicht genug. Erich war natürlich voll ausgerüstet und versorgte uns über fette Außenlautsprecher immer mit den aktuellen Staumeldungen und Musik. Seine Sammlung an CD's war geradezu beeindruckend und so verpassten wir ihm die wohlklingende Bezeichnung DJ Erich, worüber er sich sehr gefreut hatte. Selbstverständlich hatte er auch den passenden Musiktitel für unseren nachhaltig hustenden und fluchenden hektischen Klos. Als dieser also händeringend nach frischer Luft rang, tönte aus den erwähnten Lautsprechern, die Erich kurzerhand auf das schwarze Auto ausgerichtet hatte, dieses lustige Lied, das Balu der Bär im *Dschungelbuch* mit erheiternder Laune dem kleinen Mogli vorgesungen hatte.

Versuch's mal mit Gemütlichkeit, mit Ruhe und Gemütlichkeit. Wirf alle Sorgen über Bord.....

Wütend drehte sich der Gemeinte ab, straft uns zuvor erneut mit bitterbösen Blicken, meckerte sich irgendetwas in den Bart und entwich für den Moment aus unserer Aufmerksamkeit.

Auf der Überholspur war nur wenige Meter voraus ein großer Kühllaster zum Stehen gekommen. Der Aufschrift des Laderaums zufolge waren tiefgekühlt Nahrungsmittel an Bord und bei der sommerlichen Höllenglut hätte ich gern ein paar Minuten zwischen den Gemüse- und Obstkörben verbracht, um mich etwas zu erholen. Wenn ich mir aber die Bilder des in einigen Monaten nahenden germanischen Winters vor Augen führte, dann war das schon eine kleine, zumindest geistige Abkühlung. Der Fahrer des Lkw hatte uns vermutlich schon eine ganze Zeit zugehört, stieg plötzlich aus, ging hinter sein Fahrzeug, öffnete eine der Ladetüren und verschwand im Inneren des Fahrzeuges. Die kurzzeitig austretende Kaltluft war in dünnen Nebelschwaden sichtbar und verdunstete unmittelbar, kaum dass sie durch die offene Tür gequollen war. Sogleich öffnete sich die Ladeluke erneut und der Fahrer trat, einen größeren Karton in den Armen tragend, heraus, verschloss den Wagen und kam auf uns zu.

»Hallo, Leute«, sagte er mit breitem Grinsen im Gesicht und tat so, als wären wir uralte Freunde.

Er stellte sich mit dem Namen Luca vor, klappte den heftig dampfenden Kartondeckel auf und stellte ihn auf den Tisch.

»Müsst Ihr ganze schnelle aufschleckern, sonst gleich schmelze«, erklärte er in sehr sympathischem Deutsch und fragte, ob er vielleicht eine Cola haben könnte.

»Ist heiß wie in Calabrien und ische habe zu trinke vergesse«, erklärte er mit typisch italienischen Gesten, die nichts anderes bedeuteten, als dass sein Hals völlig trocken war.

»Komm und setz Dich zu uns. Sollst ja auch nicht leben wie ein Mafiosie«, sagte Heinrich zu ihm und bot ihm einen Platz an.

Hilde reagierte sofort, stand wortlos auf und kehrte wenig später mit einem Tablett zurück, auf dem sie ein umfangreiches

Sortiment Leckereien aus ihrer Küchenzeile drapiert hatte, dem Luca nun nicht mehr ausweichen konnte. Er war sich seiner Opferrolle in diesem Moment noch nicht bewusst, sollte jedoch erfahren, dass Hilde ihn erst entlassen würde, wenn das Tablett blitzblank leer gefegt war.

»Ishe binne nix Mafia, binne Luca aus Calabrien. Gute Vater und gute Ehemann«, gab er mit weit ausgebreiteten Armen bildhaft gestikulierend zum Besten und wollte vermutlich gerade ansetzen, seine gesamte Familie und alle Verwandtschaftsverhältnisse zu erklären, als Hilde ihm ins Wort fuhr und sagte:

»Einer von Deinen Leuten gehört ganz sicher zur Mafia. Das geht gar nicht anders. Also bist Du auch einer von ihnen. So. Und damit Seniore Corleone sich weiter um das Wohl seine Kinder kümmern kann, isst er jetzt tüchtig. Was soll Deine Frau von mir denken, wenn ich Dich hier verhungern lasse!«

Luca schaute sah sie mit seinen liebenswerten Dackelaugen an, sah auf das Tablett und sagte:

»Isse wie zu Hause bei Mama. Muss Luca immer essen, bis fast platze!«

»Und? Haben Mama immer Recht?«, imitierte Hilde seine lustige Aussprache.

»Und wie. Da gibbe keine Zweifelei!«

»Siehst Du. Das ist hier nicht anders. Jetzt wird gegessen und nicht erzählt!«

Luca strich die Segel, kapitulierte, ergab sich in seine Opferrolle und machte große Augen wegen der Menge, die er zu verputzen hatte.

Unser DJ hatte einen Augenblick benötigt, dann aber doch eine Eros Ramazzotti CD gefunden, die jeder im Umkreis von einhundert Metern mithören musste.

Wir anderen, die wir auch mit Luca angeregt quasselten, hatten uns über den Karton mit dem leckeren Eis hergemacht, waren aber nicht in der Lage, den Inhalt auch nur ansatzweise zu futtern. Hilde hatte das erkannt, nahm den Karton, ging die hinter uns stehende Autoschlange entlang und verteilte den Inhalt an die Kinder in den wartenden Fahrzeugen.

»Heinrich, dass mir der kleine Zuccero auch ja isst«, waren ihre Worte, als sie sich auf ihre Versorgungstour machte.

»Ay, Sir!«, gab dieser zurück und wusste nur zu genau, dass er nicht widersprechen durfte.

»Zu gefährlich«, sagte er dann leise zu Luca und mahnte ihn, bloß ordentlich zu essen, da es sonst Mafiaschuhe geben könnte.

»Geht nix«, antworte dieser.

»Is ja keine Mare hier, wo Mama mich mit Beton an die Füße hineinschmeissen kann!«

»Da wäre ich mir nicht so sicher. Keine Ahnung, wo sie Dich versenkt, aber irgendetwas macht sie dann schon. Glaub es mir!«

»Isse für Dich auch keine leichte Leben«, sagte er zu Heinrich.

»Doch. Geht schon. Darfst nur nicht widersprechen!«

»Isse wie zu Hause«, sagte Luca halblaut mehr zu sich selbst und freute sich, dass er schon die dritte Boulette verdrückt hatte und erste Sättigungsanzeichen verspürte, was ihm beim Anblick der noch auf ihn wartenden Köstlichkeiten nicht wirklich half.

Vom Getöse der Popmusik der Apenninhalbinsel fühlten sich drei junge Mädels magisch angezogen, verließen ihr Auto und folgten der Quelle der Partystimmung, bis sie endlich bei uns auftauchten und unser aller Interesse weckten. Sie waren bei der Hitze eher spärlich bis kaum bekleidet und erzählten, dass sie zum Flughafen Köln mussten, um ihren Flieger nach Mallorca noch zu erreichen.

»Wann müsst Ihr denn am Airport sein?«, fragte ich.

»Um zwanzig Uhr!«

»Das schafft Ihr locker«, erklärte Heinrich.

»Es geht in spätestens einer Stunde weiter und dann seid ihr schnell in Köln!«

Der DJ hatte etwas von Malle aufgeschnappt und sein alles übertönendes Musikprogramm sofort umgestellt. Nun röhrte es *Ich bin der König von Mallorca* und ähnlich zweifelhaftes Liedgut der meinem Geschmack nach völlig überbewerteten Baleareninsel aus dem Äther. Die drei Dancingqueens aber störten meine Ansichten nun überhaupt nicht. Wie auch, denn ich hab diese Bewertung ja nicht geäußert. Inspiriert durch die südlichen Partyklänge stimmten sie sich schon mal auf ihre Ferien ein, griffen sich jeder einen von uns und tanzten unter der geradezu südlichen Sonne, was das Zeug hielt. Zuletzt hatte auch ich keine Wahl und musste mitmachen, was ich natürlich nicht ablehnte, denn auch, wenn die Musik unerträglich war, die Mädels waren es keinesfalls. Halb nackt und aufreizend erotische Tanzschritte machten uns alle nervös. Doch was soll ich sagen. Dieses aufreizende Trio wusste um genau diese Wirkung. Ich möchte nicht wissen, welche Gedankenspiele durch die männlichen Köpfe flimmerten und meine eigenen behalte ich auch besser für mich.

Das Ganze war so provokativ, dass nun auch der Typ aus der schwarzen Limousine ausgestiegen und zu uns gekommen war, zu trinken bekam und trotz seiner Leibesfülle erstaunlich gut tanzen konnte. Hilde war inzwischen wieder zurück und achtete genauestens auf die Blicke ihres Heinrich. Luca, der den drei Hupfdohlen gern den Bossanova beigebracht hätte, war gerade im Dessertbereich angekommen, hielt sich bereits die Hände vor den Bauch, wagte es aber nicht, sich von seinem Stuhl zu erheben. Von der Pein gequält überlegte er einmal, ob er nicht doch zur Mafia gehörte, es nur nicht mehr wusste. Dann aber richtete er seine Aufmerksamkeit auf das letzte Stück Käsekuchen, das er jetzt in Angriff nahm.

So ging unser unterhaltsamer Staunachmittag nach gut zwei Stunden langsam in die Schlussrunde und weit voraus hörten wir, wie die ersten Motoren gestartet wurden.

»Der Stau am Kreuz Leverkusen löst sich langsam auf«, kam es jetzt über den noch immer auf voller Lautstärke quäkenden Lautsprecher.

Zügig packten wir alles zusammen und schnell war wieder Ordnung auf dem Highway. Wir wollten uns gerade voneinander verabschieden, als sich der Staumelder des Radiosenders erneut mit einer echten Sensation meldete.

»Und nun, liebe Autofahrer, wollen wir Sie einmal nicht mit einem weiteren Verkehrschaos verschrecken, sondern mit Freude bekannt geben, dass das Kamener Kreuz völlig frei von jeder Störung ist!«

Der Rest der Durchsage ging im lauten Getöse der Partyzone unter, denn auf so etwas haben wir gewartet. Kein Verkehr kein Stau. Das mussten wir unbedingt sehen, das wollten wir erleben. Also warfen wir die Motoren an und fuhren selbstverständlich alle dorthin - !

Happy Birthday

Es war ein wunderschöner Tag im Juni diesen Jahres, an dem die Sonne bereits des Morgens herrlich warm von azurblauen Himmel strahlte und mich schon früh aus dem Bett lockte. Eigentlich bin ich eine kleine Schlafmütze, ein Langschläfer, der nur zögerlich und widerwillig aus den Federn kam. Doch an diesem Tag war alles anders. Nicht etwa, weil die Vögel besonders schön zwitscherten und auch nicht wegen der leichten Brise, die so mild durch das offene Fenster wehte. Nein. Es gab genau zwei triftige Gründe, warum ich mich so genau an diesen Tag erinnere. Einerseits hatte ich Geburtstag. Den vergisst man ja selbst auch nicht. Zum anderen aber waren es die seltsamen, verrückten und durchaus peinlichen Ereignisse, die sich in den kommenden Stunden zutragen sollten. Sie brannten sich nachhaltig in meinen Erinnerungen fest und wollen sich bis zu heutigen Tage einfach nicht aus meinen Gedanken löschen lassen.

Auf den kommenden Seiten werde ich alles ausführlich erzählen und bin mir sicher, dass die geneigten Leserinnen und Leser nachfühlen werden, warum sich dieser Tag so klar und fest in mir verankert hat.

Ich kroch richtig gut gelaunt aus dem Bett, erledigte im Schnelldurchgang die Katzenwäsche, um bereits nach wenigen Minuten geschniegelt und gestriegelt im Businessanzug die Treppe hinunter zu gehen und gab mich dabei betont locker, um vor meiner Gattin und den beiden pubertierenden Töchtern zu verbergen, dass ich mich auf eine überwältigende Begrüßung mit vielen tollen Geschenken freute. Als ich in die Küche kam, saßen die drei im Gespräch vertieft am Tisch und schienen mich zu meiner großen Enttäuschung überhaupt nicht zu bemerken. Die Gören verstand ich ja, oder besser, ich verstand sie eigentlich nicht, denn ihnen konnte ich in ihrer spätjugendlichen Empfindsamkeit seit Wochen nur auf eine Art begegnen, und das war immer die falsche. Egal, was ich tat oder sagte. Es war verkehrt. Zuletzt habe ich sie mit deutlich erhöhtem Taschengeld zu bestechen versucht, um mir ihre Zuneigung zu erkaufen. Das Geld haben beide kommentarlos angenommen, ihre Gegenleistung allerdings blieb dauerhaft aus. Auch noch mehr Kohle half nichts. Sie ließen mich einfach hängen und irgendwie war ich seit einiger Zeit seelisch im Krebsgang unterwegs, obwohl ich sie doch über alles liebte und weiterhin lieben werde. Dass Mädchen in diesem Alter so sein mussten, erklärte mir meine Frau ausführlich. Das aber war es, was ich an der Sache nicht verstand, denn ich war doch ihr liebevoller Daddy. Weil sie nun aber so waren, habe ich zumindest begriffen, warum sie sich nicht um mich kümmerten, als ich mich zu ihnen setzte. Meine Frau war lieb und freundlich wie immer, verwöhnte mich wie gewohnt mit einem leckeren Frühstück. Doch etwas war anders. Dieses Trio heckte vielleicht etwas aus und im Nachhinein hätte ich genau diesem Gedanken noch einen Moment länger folgen sollen, tat es aber aus mir unerklärlichen Gründen nicht. Dass sich die hübschen Zecken auf der anderen Tischseite so ignorant gaben, nahm ich schweigend hin, dass aber auch meine Frau meinen Ehrentag aus dem Gedächtnis gestrichen hatte, konnte und wollte ich nicht begreifen, zumal gerade sie den größten Wert auf Respekt und Anerkennung legte. Da war kein Kuchen, keine Kerze auf dem Tisch und von Geschenken weit und breit nichts zu sehen. Lediglich schnöde Normalität. Nur zu Erklärung. Das tägliche Leben im Kreise meiner Familie liebte ich, allerdings nicht am Tag meines Wiegenfestes. Da erwartete ich doch zurecht so etwas wie Aufmerksamkeit. Allerdings tat sich dahingehend nichts. Die drei sprachen während der Tischzeit mit mir, zeigten aber keinerlei Regung, vielleicht doch noch mit einer Überraschung hinter dem Busch hervorzukommen.

So verging das Frühstück, das ich nach einer knappen Stunde einigermaßen frustriert beendete, um zur Arbeit zu fahren. Vielleicht würde ja am Abend noch was passieren, und dieser Gedanke schien so logisch, dass ich damit das weibliche Schweigegelübde vor mir selbst begründete, um mich dann doch einigermaßen beruhigt in mein Auto zu setzen und loszufahren.

Trotzdem blieb ein etwas seltsamer Nachgeschmack, der sehr bald eine wirklich bittere Note bekommen sollte. Doch eins nach dem anderen.

Was ich noch nicht erwähnt hatte. Ich war und bin der Chef eines mittelständischen Unternehmens und behaupte sagen zu dürfen, dass ich sehr großzügig und fair zu meinen fünfzig Angestellten bin. Ich bezahle deutlich über Tarif, habe auf dem Firmengelände ein großes Spielzimmer und auch einen Spielplatz bauen lassen, damit die jungen Mamis ihre kleinen Racker mitbringen und sie hier gemeinsam beaufsichtigen können. Oft erwischen sie mich, wie ich meine Arbeit zur Seite lege und mit der kleinen Meute auf dem kindgerechten Klettersteig herumtobe und, wenn an warmen Sommertagen der Eiskutscher angefahren kommt, ordentlich ins Portemonnaie greife. Ich bin vielleicht der Beweis dafür, dass es keine älteren Männer, sondern lediglich große Jungs mit Erfahrung gibt. Zumindest meine ich, dass die kleinen Kinder mich so sehen.

Was ich hier erzählen will, ist, dass ich auch in der Firma ein familiäres Klima pflege, um meine Mitarbeiter an ihre Arbeit und mein kleines Unternehmen zu binden. Das hat einen ganz bestimmten Grund, denn ich bin der festen Überzeugung, dass aus einer homogenen Gemeinschaft immer eine ordentliche Leistung entsteht. Teampflege ist für uns alle das oberste Gebot. Ich erhalte nur Krankmeldung, wenn jemand platt auf der Nase liegt und einfach nicht arbeiten kann. Dann aber gibt es Blümchen und Genesungswünsche, die ich dann und wann mit einer kleinen Delegation (natürlich vorher angemeldet) auch sehr gern selbst überbringe. Ebenso verhält es sich bei Geburtstagen, Hochzeiten und anderen Anlässen. Wie zu Hause brauche ich auch im Betrieb eine aufrechte Gemeinsamkeit.

Nun aber zum bitteren Beigeschmack, von dem ich gerade erzählte. Ich fuhr also gemächlich durch die sonnigen Straßen unserer Stadt, erreichte nach etwa zehn Minuten das große Gewerbegebiet und steuerte mein Auto auf meinen Parkplatz. Dann stieg ich aus und nahm die ersten wie immer freundlichen Morgengrüße vorbeikommender Kollegen entgegen, die mich glücklicherweise nicht anderes begrüßten, als andere Angestellte. Ich möchte es einfach nicht, wenn man mich als den Chef betrachtet, mir aus diesem Grund verhaltener oder - noch schlimmer - weniger offen begegnet. Ich bin einer von ihnen. Ich grüßte also zurück und wunderte mich, dass mein Geburtstag auch jetzt irgendwie nicht von Interesse war. Dieser Eindruck verstärkte sich zusehends, als ich mich nach einem kurzen Weg durch das Treppenhaus meinem Büro näherte und an Kollegen vorbei ging, mit denen ich tagtäglich unmittelbar zusammenarbeitete. Freundliche Gesichter, nette Morgengrüße, aber keinen Glückwunsch zum Wiegenfest. So rissen sie mir den dünnen Schorf von der Wunde, die mir zuvor von meiner Familie zugefügt worden war. So langsam begann ich mich zu ärgern und fragte stumm in mich hinein, warum ich, der sich doch immer um das Wohlergehen seiner Mitmenschen kümmerte, derart ignoriert wurde. Abermals verschwendete ich keinen einzigen Gedanken daran, dass sich hier etwas viel Größeres, eine abgesprochene Überraschung anbahnen könnte. Wenn man erst einmal auf so einem Trip des Missmuts ist, engt das den eigen Blickwinkel ganz schön ein. Man sieht und bewertet nur das, was man wahrnimmt. Die Objektivität geht flöten und ohne Hilfe oder entsprechende Hinweise kommt man aus dieser Ecke der einseitigen Betrachtung der Dinge nicht mehr heraus. Vor allem dann nicht, wenn sich diese Seitenhiebe einer Kette gleich aneinanderreihen, wie bei mir, als ich mich an meinen Schreibtisch setzte, und meine Sekretärin zum allmorgendlichen Termingespräch erschien.

Madeleine. Ein bildhübsches Wesen, Ende zwanzig, völlig ungebunden, sehr klug, fleißig und mit einem Lächeln ausgestattet, dass mich jedes Mal in erhebliche Unruhe versetzte, wenn sie damit kokettierte. Und glauben Sie mir, das tat sie unaufhörlich. Ich habe bislang nicht erraten können, ob sie überhaupt etwas Persönliches in mir sah oder von mir wollte. Manchmal schien es mir so, dann aber wieder nicht. Sie arbeitete bereits vier Jahre für mich, verhielt sich aber zwischen ihren kleinen Attacken mit ihrem Lächeln immer korrekt und äußerst geschäftsmäßig, sodass ich in ihrer Nähe ständig unsicher wurde und ihr aus diesem Grund noch nicht das *Du* angeboten hatte. Ich traute mich einfach nicht. Es war sehr spannend mit ihr und ich hatte mir schon mehrfach vorgenommen, meinen Beobachtungen auf den Grund zu gehen und hatte am Morgen nicht die geringste Ahnung, dass ich das bereits zur Mittagszeit tun würde. Genauso wenig konnte ich nicht wissen, dass ich das besser nicht getan hätte. Doch sehen Sie selbst, was sich weiter zutrug.

Wenigstens von ihr hatte ich zur Begrüßung einen Glückwunsch erwartet. Sie wusste ganz genau, welcher Tag war. Da gab es keinen Zweifel. Aber nichts tat sich. Sie nahm Platz, öffnete den dicken Ordner, der auf ihrem Schoß lag und erläuterte die Terminlage. Doch dann wieder die Provokationen. Während sie sprach, schaute sie einige Male auf, zeigte mir ihre weißen Zähne, hielt ihren Blick auf mich gerichtet, als wollte sie meine Reaktion und meine Gedanken ausloten, um dann weiter vorzulesen. Irgendwann war sie durch, stand auf und verließ mein Büro. Ich sah ihr schweigend nach und beneidete insgeheim den Mann, der sie einmal bekommen würde und fragte mich, warum eine solche Schönheit nicht schon längst vergeben war. Da wartete nämlich die nächste herbe Enttäuschung im Verborgenen, die der Absicht erlegen war, sich ausgerechnet an diesem für mich so desaströs laufenden Tag zu offenbaren.

Sehr bald versank ich also in der Arbeit, vergaß meinen Geburtstag, telefonierte, schrieb und führte einige Besprechungen.

Rasend schnell flog der Vormittag dahin, als ich gegen zwölf Uhr aus dem Fenster sah und überlegte, dass das auch ein paar Stunden meiner Lebenszeit waren, von denen ich gar nichts mitbekommen habe, die einfach so von meiner Lebensuhr abgestrichen wurden. Einen Moment später dachte ich, dass das Besondere dieses Tages nicht einfach so verstreichen sollte.

»Wenn sich schon niemand um mich kümmerte, dann tue ich es eben selbst«, ging es mir durch den Kopf, überlegte kurz und bat dann meine Sekretärin zu mir.

»Was kann ich für Sie tun?«, fragte sie mich wie immer äußerst zuvorkommend.

Was ich auf diese Frage antworten wollte, behielt ich besser für mich und sagte etwas ganz anderes.

»Es ist so ein schöner Tag. Ich denke, wir könnten über ein paar innerbetriebliche Dinge durchaus auch bei einem aushäusigen Mittagessen reden. Würden Sie mich denn auf einen Teller Pasta und ein Glas Wein begleiten wollen?«

Ein Stück weit erschien mir meine Frage reichlich dumm gestellt, denn ich könnte so nicht erkennen, ob sie mitkommen würde, weil ich als ihr Chef den Ausflug vorgeschlagen hatte oder, um aus ganz eigennützigen Gründen mit mir allein zu sein.

»Oh, das ist aber nett. Ich begleite Sie selbstverständlich gern, denn Pasta ist meins Lieblingsspeise und ich habe einen

Bärenhunger«, antwortete sie zu meinem Erstaunen und setzte ein erfreutes Gesicht auf, das mich einmal mehr nervös machte.

»Also los«, sagte ich, wartete nur ein paar Sekunden, bis Madeleine ihre Jacke geholt hatte und schon saßen wir im Auto.

Auf unserem Weg über den Parkplatz spürte ich, wie sich in verschiedenen Büros neugierige Blicke durch die Jalousien bohrten und uns verfolgten. Ich fragte mich, wer von diesen Voyeuren mich um diesen Moment beneidete, denn es war mir so was von klar, dass diese Schönheit an meiner Seite der geheime Traum so mancher durstigen Männerseele war.

Was ich den Vormittag über einfach nicht wahrgenommen hatte und von daher nicht wissen konnte, war, dass Madeleine mich mit ihren vielversprechenden Gesten zu meiner Einladung provoziert hatte und unsere Abfahrt mit dem Cabrio ein unter der Belegschaft abgesprochenes Signal war.

Ich jedenfalls genoss den von mir fehlinterpretierten Neid und freute mich auf den Nachmittag. Ein Knopfdruck öffnete das Dach meiner Cabriolimousine, ich startete den Motor, um dann einen etwas längeren Umweg einzuschlagen, der uns durch ein herrliches Waldgebiet führte. Der warme Wind wehte durch Madeleines langes, schwarzes Haar, das im herrlichen Sonnenlicht glänzte. Ihre elegante, rote Jacke bildete dazu einen unglaublichen Kontrast und ich hatte wirkliche Mühe, meinen Blick auf die Straße zu richten.

Als wären wir alte Freunde, redeten wir über die verschiedensten Themen, kein Wort aber von der Arbeit.

Sollte mein Geburtstag doch noch eine tolle Wendung nehmen, dachte ich, verdrängte den Gedanken an meine Frau und gab mich der zu erwartenden Spannung der nächsten zwei bis drei Stunden hin. Vierzig Minuten später saßen wir im Biergarten des erwähnten italienischen Restaurants, um uns mit leckeren Sachen vollzustopfen. Ein Glas Schampus zum Odeuvre hob die ohnehin gelöste Stimmung und nach einem Tropfen edlen Weißweins musste ich die Bremse ziehen. Zumindest, was den Genuss weiteren Alkohols betraf, denn zum einen hatte ich später noch das Auto zu fahren und zum anderen brauchte ich einen klaren Kopf für den weiteren Verlauf des schönen Ausflugs und der entspannten Gespräche mit Madeleine. Ich wollte einfach nichts versäumen, kein Wort vergessen und den wunderbaren Tag genießen. Dann aber, wir waren bereits beim Espresso, hörte ich die magischen Worte, auf die ich insgeheim schon so lange gewartet, aber zu keinem Zeitpunkt geglaubt hatte, dass ich sie aus dem Mund der mir gegenüber sitzenden Aphrodite jemals hören würde.

»Wollen wir noch zu mir fahren?«, brachte sie völlig selbstsicher mit einem verführerischen Lächeln hervor, dem kein Mann dieser Welt hätte wiedersehen können.

Das versuchte ich auch gar nicht erst. Vom ersten Schock der betörenden Worte erholt, willigte ich selbstverständlich ein, versuchte, einigermaßen cool zu bleiben, zahlte mit großzügigem Trinkgeld und bald rollten wir durch die Straßen zu ihrer Wohnung. Als ich einen Moment später in den Flur ihres Zuhauses trat, staunte ich nicht schlecht, wie schick sie eingerichtet war. Sehr geschmackvolle Fotos hingen an den Wänden, extrem elegantes Mobiliar fing meine Blicke, die in den Farben wunderbar abgestimmten Gardinen harmonierten mit den Tapeten und diese Sauberkeit machte das ganz Bild komplett. Keine Frage. Hier könnte man sich wohlfühlen. In meinen Gedanken versunken wurde ich von Madeleine mit den nun folgenden Worten in die nur scheinbar wunderbare Gegenwart zurückgeholt.

»Wollen Sie vielleicht im Schlafzimmer warten? Ich müsste einen Augenblick im Bad verschwinden«, brachte sie ohne Umschweife und mit der in ihr wohnenden Gelassenheit hervor, die mich völlig aus der Bahn warf.

»Holla. Jetzt geht es aber voran«, versuchte ich möglichst klar zu denken, konnte aber die in mir aufsteigenden, durchaus erotischen Bilder einfach nicht mehr ausblenden.

Was hätte ich in diesem Moment tun sollen? Mir selbst etwas von Moral vorlügen, dass so etwas nicht ginge? Ich konnte und wollte die Fluten des auf breiter Front gebrochenen Damms nicht mehr stoppen, kam ihrer Bitte wehrlos nach, setzte mich an das Fußende ihres Bettes, als sie die Tür hinter sich schloss und mich allein ließ. So verharrte ich bewegungslos noch einen Moment und dachte mutig:

Nun gut. Wenn sie es so eilig hat, dann solltest Du dem nicht im Wege stehen, und begann, mich auszuziehen.

Sekunden später hatte ich nur noch meine Socken an und saß noch immer erwartungsvoll und einsatzbereit auf der Bettkante, als sich schließlich die Tür öffnete. Es war aber diesmal die zum Flur, was mich einigermaßen überraschte. Herein kam Madeleine, die sich bei einer gleichaltrigen, hübschen Frau untergehakt hatte.

Wie ist die den drauf? Mit zwei Frauen?, ging es mir durch meine verwirrte Gedankenwelt.

Anschließend brachte ich nichts mehr voreinander. Das letzte, was ich kapierte, war, dass es sich bei der anderen Schönheit um ihre Lebenspartnerin handelte. Die beiden waren gerade ins Zimmer getreten und starrten mich hinsichtlich meiner Nacktheit entgeistert an, als dann die anderen mit Geschenken bepackt aus dem Wohnzimmer, das ich noch nicht gesehen hatte, durch die Tür kamen. Meine Frau, meine pubertierenden Töchter, ein paar Freunde und eine Delegation aus der Firma. Aus dem Hintergrund hörte ich aus den Mündern jener, die noch nicht im Schlafzimmer angekommen waren, ein johlendes Happy Birthday.

Das Geisterdorf

Lautlos und nur anscheinend gemächlich floss die Elbe in dieser frühen Oktobernacht dahin. Der wolkenlose Himmel erlaubte in dieser geradezu lichtlosen Abgeschiedenheit einen faszinierenden Blick in die Sterne, die die irdische Dunkelheit erhellten, was Lisa und André zumindest für den Moment nicht wirklich toll fanden.

»Glücklicherweise scheint zu allem Übel nicht noch der Mond«, sagte dieser, indem er reichlich angespannt abwechselnd nach links und rechts blickend verdächtige Bewegungen auf dem Fluss auszumachen versuchte.

»Ich finde es trotzdem sehr schön. Es ist so unglaublich still hier. Vollkommen unberührte Landschaft und dann dieses funkelnde Schauspiel über uns«, gab Lisa flüsternd zurück.

»Machen wir uns nichts vor. Unglaublich schön und unglaublich gefährlich!«, erwiderte André und hielt sich den Zeigefinger vor den Mund, um seine Freundin zu mahnen, ganz leise zu sein.

»Hier ist doch niemand. Alles ruhig. Wir sind soweit gekommen und die letzte Hürde nehmen wir jetzt auch noch!«

»Deine Worte in Gottes Ohr, aber ich hätte lieber einen bedeckten Himmel, denn Sterne ansehen können wir immer noch!«

»Wie lange werden wir schwimmen müssen?«, wollte das Mädchen jetzt wissen.

»Ich denke, eine gute halbe Stunde. Wir treiben aufgrund der Strömung ordentlich ab und sollten etwa zwei Kilometer flussabwärts drüben ankommen. Dazu ist das Wasser um diese Jahreszeit schon recht kühl, sodass wir uns wirklich warm schwimmen müssen. Zu lange dürfen wir auch nicht unterwegs sein, sonst kühlen wir aus und werden bewegungsunfähig!«

»Das wussten wir beide. Aber um diese Jahreszeit rechnet vermutlich niemand mit einer solchen Aktion. Ich denke, wir gleiten jetzt ins Wasser und dann ist es bald überstanden!«, schlug Lisa vor.

»Okay. Wir bleiben auf jeden Fall zusammen. Egal was passiert. Es wird ganz ruhig nebeneinander geschwommen und nur im Notfall, dann aber nur ganz leise gesprochen«, flüsterte André.

So saßen die beiden noch einen Moment im hoch stehenden Gras, küssten sich und blickten einander in die Augen.

»Hab keine Angst. Ich bin bei Dir«, hörte Lisa ihren Freund sagen und spürte, wie er entschlossen ihre Hand nahm und sie zum Aufbruch bewegte.

Ein halbes Jahr zuvor im April neunzehnhundert fünfundsiebzig. Lisa ging über den Marktplatz dieses unbedeutenden Ortes in der Nähe von Leipzig. Dieses Nest war, wie so viele andere Orte in der

DDR, einfach nicht erwähnenswert. Die Gebäude, die Straßen, die Menschen. Alles war heruntergekommen im mehr als fragwürdigen Sozialismus und das Leben diesseits des unmenschlichen Zauns war alles andere, nur kein Vergnügen. Es fehlte an den einfachsten Dingen. Nichts, aber auch gar nichts war auf regulärem Weg zu bekommen. Wer hier keine Kontakte hatte, wer nicht improvisieren konnte, ging schlicht und einfach unter. Als wäre das alles nicht schlimm genug, machte es das Westfernsehen nicht leichter, denn die Werbung im abendlichen Fernsehprogramm offenbarte, dass man hier auf dem besten Weg war, international völlig abgehängt zu werden. Und dass man einfach nicht reisen durfte, wohin man wollte, empfand Lisa geradezu als seelische Heimsuchung.

»Wie gern würde ich einmal nach Paris, Barcelona oder San Francisco. Ich kann hier doch nicht mein ganzes Leben versauern, verblöden, nur ums Überleben kämpfen!«, sagte sie halblaut und wütend vor sich hin, als sie an diesem ersten milden Abend des Jahres in die kopfsteingepflasterte, unbeleuchtete Kirchgasse einbog. Sie war in der *Alten Klause* mit ihrem damaligen Freund Hannes verabredet war, der Wochen zuvor seinen längst erwarteten Einberufungsbefehl erhalten hatte und in den nächsten Tagen zum Dienst am *Sozialistischen Schutzwall* abgeordnet werden sollte.

»Warum hast Du das nicht abgelehnt?«, fragte sie ihn, als er den Brief geöffnet hatte.

»Du weißt doch, dass ich Medizin studieren will und wenn ich jetzt kneife, war es das für mich!«

»Ist schon klar. Ich verstehe das ja, aber wir werden uns ein Jahr nicht sehen. Ich weiß nicht, wie ich damit umgehen soll!«

»Wir müssen da jetzt durch. Es gibt keine Alternative!«

»Ja, weil Du alles mit Dir machen lässt!«

Die Diskussion ging noch eine ganze Weile weiter und bedrückte insbesondere Lisa. Spät am Abend hatte sie dann unter der Bettdecke liegend vorgeschlagen, in den Westen abzuhauen, worüber er sich total entrüstet gezeigt hatte.

»Das kommt nicht infrage und ich möchte auch nichts weiter davon hören«, war seine rigorose Haltung dazu, weil er das seinem Bonzenvater, wie seine Freundin immer zu sagen pflegte, nicht antun konnte.

An dem Abend war ihr klar geworden, dass sie sich von ihm trennen musste, denn sie würde lieber in den Knast gehen und später ausgewiesen werden, als hier zu verrotten.

Von daher war es für sie nicht sehr leicht, die Kneipe zu betreten, denn an diesem Tag würde sie ihm den Laufpass geben. Auch, wenn er mit einem Kloß im Herzen seinen Grenzdienst antreten würde. Darauf konnte und wollte sie keine Rücksicht mehr nehmen. Ihm die Trennung in ein paar Wochen zu schreiben, war keine Option, denn sie wusste ja schon, dass sie nicht mehr wollte.

In der *Alten Klause* war wie immer mächtig was los. In dieser Pinte konnte man zu allen Tageszeiten eintrudeln. Langweilig und allein war man hier nie. Skurril waren auch Anna und Maria. Die beiden aus Hamburg stammenden Schwestern haben vor zwei Jahren ihrem im Sterben liegenden Großvater, der hier zuhause war und zwei kleine Zimmer über den Gasträumen bewohnt hatte, versprochen, diese Kneipe nicht untergehen zu lassen und stellten nach dessen Tod einen Einreisesantrag in die DDR. Das musste man sich einmal vorstellen. Aus Hamburg hinter den *Eisernen Vorhang.* Lisa hatte das nicht begreifen können. Erst einmal eingebürgert und in den Klauen des Regimes, erfuhren die beiden Mädels sehr schnell und nachhaltig, welchen Weg sie gegangen waren. Und doch. Sie waren zwei Frohnaturen, beugte sich den neuen Regeln und machten die kleine Kneipe zu einem äußerst toleranten und freundlichen Kleinod, in dem jeder willkommen war. Als Lisa durch die Tür kam, war die Bude gerammelt voll. Jeder kannte jeden und so dauerte es eine ganze Zeit, bis sie Hannes im hinteren Teil bei den Tischen erreichte. Sie hatte ihn bereits entdeckt, als sie eingetreten war, wurde aber zunächst von einigen ihrer Freundinnen und ein paar Freunden begrüßt, bekam ein Bier in die Hand gedrückt, erntete ein freundliches Augenzwinkern der hinter dem Tresen beschäftigten und immer gut gelaunten Maria, bis sie zuletzt doch bei Hannes landete, von dem sie sich auf die Wange küssen ließ. Das sollte der letzte Kuss von ihm sein. Lisa wusste das und Hannes ahnte es, denn seit dem letzten Gespräch kam in ihm so eine Ahnung auf, dass seine Freundin sehr bald einen anderen Weg gehen würde. Sie lenkte das zunächst belanglose Gespräch sehr bald in die von ihr gewünschte Richtung, denn sie wollte und konnte ihre Emotionen nicht länger zurückhalten.

»Du weißt, dass ich alles Politische in diesem Land ablehne und ich habe ja schon erklärt, dass es überhaupt nicht nachvollziehbar ist, wie Du Dich aus ganz eigennützigen Gründen mit einem Gewehr an den Grenzzaun stellen kannst, um vielleicht sogar auf Menschen zu schießen, die von dem Dreck hier den Hals gestrichen voll haben und in den Westen wollen!«

Hannes kannte ihre Überzeugungen und sah keinen Sinn darin, die gegenseitigen Argumente erneut auszutauschen. Dazu war es jetzt offensichtlich zu spät.

»Du willst doch hoffentlich nicht die Biege machen«, fragte er sie nach einigen Sekunden des Überlegens.

Lisa wollte nicht darauf antworten, denn sein Wissen über ihre Absichten könnte ihnen beiden ernsthafte Probleme bereiten. Also wich sie ihm aus und sagte:

»Wer weiß schon, wo uns das Leben noch hinführt, was es für uns vorgesehen hat. Ich kann es Dir beim besten Willen nicht sagen!«

Ein kurzes Schweigen setzte ein und Hannes vermochte die Situation nicht mehr zu ertragen.

»Ich werde jetzt gehen«, sagte er plötzlich mit festen Worten und aufrechter Haltung.

Damit fuhr er Lisa in die Parade, denn sie wollte zuerst gehen und ihn damit auch räumlich verlassen. Hannes hatte das geahnt, denn nach den gemeinsamen Jahren kannte er sie zu genau. Dass er nun den Spieß umgedreht hatte, würde ihr innerlich noch lange zusetzen, denn in ihrem Empfinden ist sie nun von ihm verlassen worden und damit kam Lisa nur schwer zurecht. So verloren sich die zwei an diesem Abend aus den Augen. Zumindest für den Moment.

Die Wochen gingen dahin, sehr bald wurde Hannes eingezogen und in eine Kaserne an der innerdeutschen Grenze verfrachtet. Schon zum Dienstantritt wurde ihm und seinen neuen Kameraden klar gemacht, dass sie nicht auf Erholungsurlaub in einem Sanatorium waren. Es herrschte ein völlig emotionsloser Befehlston, es wurde seitens der Vorgesetzten eher geschrien und Widerspruch oder andere Einwände im Keim bedingungslos erstickt. Hannes kam mit dieser Situation nur schwer zurecht. Fern der Heimat, weit weg von den Freunden und die Aussicht, ein ganzes Jahr nicht wieder zurückzukommen. Die Trennung von Lisa vermochte er sich zwar rational erklären, seine Gefühlswelt aber war noch immer verwundet und er vermisste das Mädchen. Insgeheim wusste er, dass die nächsten Monate alles andere als ein Zuckerschlecken sein würden. Und so war es dann auch. Zunächst durchliefen die Jungs eine mehr als anstrengende Grundausbildung, die sie bis zum Letzten forderte. Anstrengungen ohne Ende, Gewaltmärsche nach nur zwei Stunden Schlaf und Schikanen, die mit Menschenwürde nichts mehr zu tun hatten. Am Ende dieser Zeit kam es dann zur finalen Gewissensfrage. Jeder musste in einem Einzelgespräch seine Bereitschaft erklären und schriftlich fixieren, das Staatsgebiet der DDR von innen und außen, notfalls unter Einsatz des eigenen oder der Beendung anderen Lebens zu verteidigen. Es ging also um nichts anderes, als den gezielten Todesschuss. Es gab absolut keine Alternativen, denn die Verweigerung zöge die unehrenhafte Entlassung und das Versagen des Studiums nach sich. Lisa, an die er zuletzt nicht mehr so häufig gedacht hatte, kam ihm in den Sinn. Genau auf diese Situation hatte sie ihn angesprochen und er musste zugeben, dass sie recht behalten hatte. Wenn er jetzt unterschriebe, könnte er ihr nie wieder gegenüber treten, denn sie würde ihm das keinesfalls verzeihen. Hannes hielt den Stift in den Händen, beugte sich über das Dokument und durchlief innere Qualen. In diesem Moment hasste er dieses Land. Er lehnte plötzlich diese widerwärtigen Politmachenschaften bewusst und zutiefst ab und verstand Lisas Haltung nur zu gut. Er würde niemals auf einen anderen Menschen schießen können und es auch nicht tun. Aber welche Möglichkeiten hätte er? Er musste hier Leben und das wollte er auch. Das Studium war alles, was er wollte und dann musste er jetzt unterschreiben.

Es wird in dieser abgelegenen Gegend niemand an die Grenze kommen. Auf westlicher Seite schon mal gar nicht und aus der DDR war es geradezu unmöglich, weil viel zu gefährlich. Und wenn doch, schieße ich einfach vorbei. Ich lasse mich lieber einen Versager nennen, als lebenslang damit leben zu müssen, einen Menschen getötet zu haben, ging es ihm durch den Kopf.

Hannes atmete noch einmal tief durch und unterschrieb.

Lisa hatte sich ebenfalls noch intensiv mit der Trennung beschäftigt und war zu dem Entschluss gekommen, dass sie richtig gehandelt hatte. Sie mochte Hannes, aber mit ihm zusammen sein wollte sie jetzt nicht mehr. Es ging ihr nach einiger Zeit deutlich besser, sie fühlte sich richtig befreit und wartete, was das Leben als nächstes für sie bereithalten würde.

Als sie eines Abends in die *Klause* ging, sah sie ihn direkt am Tresen auf einem Hocker sitzen. Sie hatte den hübschen Jungen noch nie hier gesehen und fragte Anna, wer das wohl sei.

»Der ist gerade aus Rostock hierher gezogen. Er heißt André«, hat er mir vorhin erzählt, als er in diesem Moment das Gespräch der beiden unterbrach und nach einem weiteren Bier fragte.

»Kannst Du nicht warten, bis wir zu Ende erzählt haben?«, fragte Lisa.

»Ich wollte *jetzt* ein Bier haben, nicht erst morgen«, gab er mit frechem Grinsen zurück und lächelte Lisa derart frech und zugleich liebenswürdig an, dass ihr fast die Luft wegblieb.

Zu sehr später Stunde sah man die zwei dicht nebeneinander durch die verlassenen, dunklen Straßen schlendern und wie sie sich auf einer Brücke in die Arme fielen. So überraschend, wie die neue Liebe in Ihr Leben trat, so groß war sie auch. In den folgenden Wochen verbrachten sie jede freie Minute miteinander, lagen des Nachts zumeist in Lisas Bett, unterhielten sich bis zum Morgengrauen und fanden nicht nur aus diesem Grund kaum in den Schlaf. Nach und nach wuchs das Vertrauen zwischen den beiden und das Mädchen schüttelte langsam ihr ewiges Misstrauen ab, dass André vielleicht ein auf sie angesetzter Stasispitzel sein könnte. Zuviel hatte sie von den Machenschaften und Arbeitsweisen der Staatssicherheit gehört. *Horch und Guck* war überall und zu jeder Zeit unterwegs. Selbst in der *Alten Klause* tauchten diese Pappkameraden, wie sie der Volksmund bewusst abfällig nannte, immer wieder auf, wurden dort natürlich sofort erkannt und auch unverhohlen mit mutigen Wortbeiträgen einiger angetrunkener Gäste angepöbelt und hinaus geekelt. Der ein oder andere fand sich gelegentlich einige Tage später in einem polizeilichen Verhör wieder, mehr passierte jedoch nicht. Einschüchterung war das Zauberwort. Damit arbeitete der Geheimdienst. Aber wehe, es ging um mehr, dann wurde dieses Spiel durchaus mehr als gemein. Das wusste Lisa nur zu genau und besonders. Nachdem sich die Fluchtgedanken in ihr konkretisierten, war sie besonders vorsichtig. Auch André gegenüber sagte sie erst einmal kein Wort. Sie hoffte, dass auch er solche Überlegungen in sich trug und wartete darauf, dass er damit herausrücken würde.

Und richtig. Am Ende einer dieser vertrauten Nächte war es tatsächlich soweit, als er plötzlich ihr romantisches Geplauder abrupt beendete und über Politik zu sprechen begann.

»Bist Du eigentlich zufrieden in diesem Land? Mit dem, was hier abläuft und dem, was nicht ist? Ich meine, willst Du nicht auch mal fremde Länder, die Südsee, wilde Tiere in Afrika sehen?«

Er riss mit diesen Worten ihre bereits weit geöffnete innere Tür aus den Angeln und nahm ihr so die Furcht, von ihren Absichten zu erzählen.

»Nein. Ich bin überhaupt nicht zufrieden und ja, ich möchte so gern in die weite Welt reisen. Wie es sich dort leben lässt, weiß ich nicht und deshalb kann ich gar nicht sagen, ob ich vielleicht dort bleiben oder doch wieder hierher zurückkommen wollte. Ich will aber diesem Gefangensein entfliehen und das heißt, dass ich dieses Land auf nimmer Wiedersehen verlassen werde. Egal, was es mich kostet. Ich werde gehen.«

»Ich habe gehofft, dass Du so drauf bist, denn mir geht es nicht anders«, sagte André und nahm Lisa in die Arme.

»Lass es uns zusammen angehen, denn ich habe da einen Plan, der Dich sicher begeistern wird«, sprach er weiter.

»Einen Plan? So konkret ist das bei Dir?«

Lisa erschrak für einen Moment, denn so schnell abzuhauen, brachte sie dann doch etwas durcheinander.

»Wann?«, fragte sie.

»Oktober!«, gab André zurück.

»Dann haben wir noch drei Monate«, sagte Lisa.

»Du darfst absolut mit niemandem reden. Bereite Dich darauf vor, dass Du alle Freunde und Deine Familie zurücklässt. Du wirst sie nie wieder sehen und sie werden Probleme mit der Stasi bekommen.«

Lisa erschrak abermals, denn die Konsequenz ihrer Absichten hatte sie zwar immer bedacht, aber nie wirklich gefühlt. Das war in dieser Nacht anders geworden und es machte ihr Angst.

»Überlegt es Dir genau und sag mir am Montag Bescheid, denn wir müssen verschiedene Sachen planen. Es gibt dann kein Zurück mehr. Mach Dir das klar. Dein Leben ändert sich drastisch, wenn Du Dich zur Flucht entscheidest.«

Die folgenden Tage waren eine Qual für ihre Seele, denn das ganze bisherige Leben und alle lieben Menschen zurückzulassen, schien eine zunächst schier unüberwindbare Hürde, doch der Durst nach Ferne und freiem Leben war in ihr nicht mehr zu bändigen. Sie hoffte, dass ihre Eltern sie verstehen würden. Also versprach sie sich und André, mit ihm zu verduften.

»Wie kommen wir über die Grenze? Erzähl mir doch mehr über Deinen Plan!«

»Wir schwimmen durch die Elbe. Weiter im Norden, hinüber nach Niedersachsen. Ein vertrauter Freund hat mir von einer Stelle erzählt, die extrem abgelegen und wenig überwacht ist.«

»Was ist das für ein Freund? Kannst Du ihm vertrauen?«

»Der ist okay. Das kannst Du mir glauben. Der hasst diesen Staat richtig und hat bereits so manchem bei der Flucht geholfen. Ich kenne ihn schon lang und weiß, dass von seinen Informationen unser Leben abhängt. Du weißt, dass die an der Grenze ohne groß zu zögern schießen, oder?«

»Ja. Das weiß ich und meine Angst bedrückt mich doch sehr«, sagte Lisa und wurde nachdenklich.

»Wenn Dein Freund solche Stellen kennt und so unzufrieden ist, hätte er sich doch längst selbst aus dem Staub machen können. Warum ist er dann noch hier?«, wollte sie jetzt wissen und musste zur eigenen Beruhigung mehr über den ihr Unbekannten wissen.

»Er hat vier Kinder und mit einer großen Familie schaffst Du die Flucht nicht. Du verstehst, dass er das nicht aufgeben kann. Aus diesem Grund aber hilft er anderen, so gut es geht. Das ist trotzdem noch gefährlich für ihn. Von daher werde ich Dir seinen Namen auch nicht sagen, denn wenn sie uns erwischen, werden wir verhört, damit sie an unsere Quellen kommen. Es ist besser, wenn Du dann nichts weißt. Zimperlich sind die Schweine nämlich nicht.«

Lisa schwieg einen Moment lang, überlegte alles noch einmal und entschied sich dann für das Abenteuer.

»Und wie kommen wir dahin? Ich meine, wenn wir dort mit einem Trabi ohne Ziel unterwegs sind und angehalten werden, haben sie uns sofort.«

»Da oben wohnt eine Tante von mir. Wir planen einen ganz normalen Besuch, werden aber rechtzeitig abbiegen und uns aus dem Staub machen«, erklärte André und erzählte ausführlich, wie sie ihre Flucht durchführen würden.

»Und wenn sie uns erwischen?«

»Dann kommen wir in den Bau. Sie werden uns trennen.«

»Das wäre schlimm. Das möchte ich mir gar nicht ausmalen«, gab Lisa verängstigt zurück.

»Sei unbesorgt. Auch das habe ich überlegt«, sagte er, als er sie tröstend in die Arme nahm.

»Sie werden es zu verhindern wissen, dass wir nichts mehr von einander hören. Wir bekommen zwei Jahre aufgebrummt und werden dann als unerwünscht in den Westen abgeschoben.«

»Ja, aber wie finden wir uns wieder, wenn wir nicht wissen, wer von uns wohin gekommen ist?«

»Wir verabreden uns genau jetzt. In jedem Jahr, jeweils am ersten Juni oder am ersten Januar fährt jeder von uns an den

Checkpoint Charlie in Berlin. Immer genau mittags um zwölf Uhr. Wenn wir beide drüben sind, treffen wir uns genau dort.«

»Das ist genial, würde aber eine lange, schmerzhafte Zeit«, gab Lisa zu bedenken.

»Das ist wahr, aber sie müssen uns auch erst einmal erwischen, und das werden sie nicht«, munterte André sie auf.

Die Wochen vergingen. Für alle Freunde und Verwandte war das Pärchen eine junge Liebe, die sich zügig entwickelte und an der alle ihre helle Freude hatten. Des Nachts in ihrer verschwiegenen Zweisamkeit planten die beiden ihre Flucht minutiös und gewannen täglich mehr Zuversicht, dass ihr Unterfangen gelingen würde. Was ihnen jedoch heftig zusetzte, war, dass der Tag nicht mehr fern war, an dem sie alle ohne jegliche Vorankündigung verlassen würden. Darüber nachzudenken war von Anfang an schon nicht leicht, aber es zuletzt auch zu tun, war etwas vollkommen anderes. Doch half alles Grübeln nichts. Dieser schreckliche Tag nahte unaufhaltsam und bis dahin nahmen beide angesichts der vor ihnen liegenden Konsequenz jede Minute mit ihren Lieben viel intensiver wahr als früher. Lisa meinte, ihr emotionales Karussell gut versteckt zu haben und bemerkte überhaupt nicht, dass sie von ihrer Mutter immer wieder aufmerksam beobachtet wurde. Sie kannte ihre Tochter, wusste um ihren unbändigen Freiheitswillen, ihre politisch kontroversen

Ansichten und erkannte sehr schnell, dass sie in ihrem Freund nicht nur eine neue Liebe gefunden hatte. Der überaus sympathische Kerl hatte einen festen Plan vom Leben und die Energie, all seine Wünsche zu verwirklichen. Sie hielt diese Art Träumer schon immer für all jene gefährlich, die sie an irgendwas hindern, sie aufhalten wollten. Nachdem sie oft und lange über ihre Tochter und André nachgedacht hatte, ahnte sie, wohin dieser Zug fahren würde. Die Frage, die sich in ihr aufbäumte, war, ob eine Mutter ihr Kind hergeben konnte. Die Antwort ließ nicht sehr lange auf sich warten.

Wenn es für das Glück des Mädchens erforderlich ist, dann muss es so sein, ging es ihr immer wieder durch den Kopf. Von den stillen Tränen, die sie für so viele Nächte in ihr Kissen weinen sollte, würde Lisa nie etwas erfahren, denn sie hätten durchaus die Macht, dass sie nicht gehen und zu Hause bleiben würde.

Der Sommer ging schneller dahin als erwartet. Lisa und André hatten eine neue Faszination gefunden. Das jedenfalls dachten ihre Freunde. Die zwei gingen häufig allein zum Schwimmen und suchten dabei immer wieder fließendes Wasser. Vor allem, als die Abende nicht mehr so lau und das Wasser zunehmend kühler wurde, machten sie sich nicht ohne Grund gerade an den Abenden oder gar in den Nächten auf, um zu schwimmen. So trainierten sie sich eine ordentliche Kondition und Härte an, die sie an ihrem Tag der Tage bräuchten. Und der, so oft von Lisa, aber auch von ihrer Mutter verdrängt, stand dann geradezu unerwartet und nur scheinbar urplötzlich vor ihnen.

»Wir wollen meine Tante besuchen«, hatte André Tage zuvor während eines Kaffeegesprächs im Kreise Lisas Familie erzählt und in diesem Moment wusste ihre Mutter, dass sie ihre Tochter verlieren würde.

»Wo wohnt sie denn«, versuchte sie möglichst entspannt zu klingen und war innerlich kaum in der Lage, ihre Tränen zurückzuhalten.

»An der Ostsee. In einem kleinen Dorf bei Rostock«, log Lisa, die eine fast unmerkliche Veränderung in der Stimme ihrer geliebten Mama verspürte.

Ob sie etwas ahnt, fragte sie still in sich hinein und spürte die Gewissheit, als sich ihre Blicke trafen.

Es tut mir so leid, Mama, aber ich muss hier raus, sonst gehe ich unter. André ist der Mann, mit dem ich mein Leben verbringen möchte und er muss genau wie ich in die Welt hinaus. Es geht einfach nicht anders, waren die Worte, die sie jetzt so gern gesagt hätte, aber sich nicht zu sagen traute.

Geh, meine Kleine. Geh ruhig und finde Dein Glück, schien ihre Mutter mit verständnisvollem Blick zu sagen. k

Jetzt aber kam der schwere Abschied. Da der Rest ihrer Familie nichts ahnte, hatte ihr Vater eine schöne Reise gewünscht und dass sie sich melden sollen, sobald sie angekommen sind, war dann wieder in seiner Werkstatt verschwunden, um wie immer an irgendetwas herum zu schrauben. Die Umarmung mit ihrer Mutter dauerte endlos. Lisa wollte in diesem Moment die Welt anhalten, so schwer war ihr Herz. Doch es half nichts. André hatte lang geschwiegen, mahnte dann aber zum Aufbruch.

»Geh schon und sei gewiss, dass ich immer bei Dir sein werde«, flüsterte Ihre Mutter mit zittriger Stimme leise in ihr Ohr.

Sie unterdrückten ihre Tränen, bis sie im Trabbi ihres Freundes losfuhren und sich bald aus den Augen verloren.

Dann brach es aus dem Mädchen heraus. Es gab kein Halten mehr und dauerte sehr sehr lange, bis sie sich beruhigte, an André klammerte und beide für lange Zeit kein Wort sprachen. Jeder hatte mit seinen eigenen Emotionen zu tun und sie waren froh, einander zu haben.

So wuchs auf dieser Fahrt unmerklich ein festes, unsichtbares Band zwischen ihnen, das sie sehr bald noch dringend brauchen und dabei bis zum Zerreißen strapazieren würden. Lisa hatte in ihrem Kleiderschrank einen langen Brief zurückgelassen, in dem sie ihrer Mutter alles erklärte. Sie bat sie um Entschuldigung, dass sie die Unwahrheit gesagt hatte, weil die Tante von André nicht bei Rostock wohnte. Falls ihnen die Staatssicherheit doch auf die

Schliche kommen und ihre Familie verhören würde, konnten die beiden so nicht mehr erwischt werden. Sie schloss mit dem Versprechen, dass sie sich auf irgendeinem Weg melden wird, dass sie sich wiedersehen werden und dass ihren Eltern ihre ganze Liebe gilt. Ihnen und ihrem Freund.

Die Dämmerung zog bereits auf, als sie Magdeburg passierten, weiter Richtung Genthin und bald darauf in die *Klietzer Heide* fuhren. André war den ganzen Weg sehr ordentlich und vorsichtig gefahren, um der Polizei bloß keinen Anlass zu bieten, die zwei anzuhalten und neugierige Fragen zu stellen. An einem Gasthof stellten sie das Auto auf dem Parkplatz eines gut besuchten Gasthofes ab und betraten bald darauf die Schankstube. Es waren viele Naturfreunde anwesend, die vermutlich den ganzen Tag im Vogelschutzgebiet unterwegs gewesen waren, um sich jetzt von langen Wanderungen ausgehungert zu stärken. Lisa und André fielen in dieser Menge nicht auf, bestellten sich ebenfalls etwas zu essen und blieben so lange, bis der Wirt sie um zweiundzwanzig Uhr ansprach.

»Wir schließen gleich. Ich müsste jetzt kassieren und Euch bitten, zu gehen, denn die Polizei kontrolliert ganz sicher!«

»Ist schon gut«, sagte André.

»Wir wollten auch schon längst weg sein, da wir noch bis Rostock fahren müssen«, log er ihn an und versuchte so, für den Fall der Fälle eine falsche Spur zu legen.

Also verließen sie fast als letzte Gäste das Lokal und traten vor die Tür. Da das Gasthaus auch Zimmer vermietete, standen über Nacht einige Autos auf dem Parkplatz und sie konnten ihr Fahrzeug einfach hier stehen lassen, ohne dass es auffallen würde. So dicht an der Grenze war natürlich verstärkt Polizei unterwegs und ein Streifenwagen hielt genau neben ihrem Trabbi, als Lisa und André über den Parkplatz kamen. Völlig entspannt traten die beiden an ihr Fahrzeug und wären noch eine kleine Runde gefahren, wenn die *VoPos* nicht genau in diesem Moment ihren Motor gestartet hätten und davongefahren wären.

»Schwein gehabt«, sagte André und atmete tief durch.

Lisa zeigte sich vollkommen entspannt, denn sie hatten im Vorfeld auch derartige Situationen besprochen.

»Wir sollten aber trotzdem umparken und uns da drüben hinstellen. Vielleicht kommen die Polizisten gleich noch einmal vorbei und würden sich wundern, dass wir zwei fort sind, unser Auto aber immer noch hier steht«, äußerte sie und traf damit die Gedanken ihres Freundes.

»Sehr gute Idee«, gab er zurück und zwinkerte ihr zu.

Dann ging alles schnell. Sie stellten das Auto um, warfen einen Blick über den menschenleeren Parkplatz, griffen jeder nach einem kleinen Rucksack, den Sie unter den Sitzen versteckt hatten, verschwanden nach wenigen Schritten hinter einer Hausecke und Sekunden später im tiefen Dunkel des Waldes. Leise schlichen sie davon und achteten auf die Kompassnadel, um abseits aller Wege geradeaus nach Westen zu gehen, als André nach nur wenigen Minuten stoppte.

»Jetzt ist der letzte Moment für uns beide, noch abzubrechen. Wenn wir jetzt weiter gehen, gibt es kein Zurück mehr. Also, wie steht es bei Dir? Ich will auf jeden Fall raus hier!«, sagte er zu Lisa.

»Hauen wir ab. Unsere Kinder werden in Freiheit aufwachsen«, antwortete sie fest entschlossen.

André nahm sie in die Arme und küsste sie.

»Na los. Für unsere Kinder! Bloß weg!«

Sie waren eine gute Stunde gegangen und der Ansicht, dass sie schon im Sperrgebiet dicht an der Elbe sein müssten. André hatte angestrengt die Schritte gezählt und hegte hinsichtlich ihrer Position keinen Zweifel.

»Wir werden jetzt immer fünfzig Meter gehen und dann genau eine Minute stoppen, um unsere Umgebung auszuloten«, flüsterte er.

»Wie weit müssen wir noch?«, wollte Lisa wissen.

»Vielleicht eine viertel Stunde. Der Wald wird lichter und ich habe bereits erste Pflanzen gesehen, die man immer in der Nähe von Flüssen findet!«

Nach etwa fünfzehn Minuten hocken sie schweigend im Gras und beobachteten, ob sich vor ihnen etwas bewegte, als es hinter ihnen plötzlich metallisch klickte.

»Stehen bleiben und die Hände hoch«, sagte eine feste, laute Stimme.

Die zwei verharrten wie gelähmt in ihrer Position und wagten es nicht, sich zu bewegen.

»Ich habe gesagt, Hände hoch. Kommen Sie heraus oder ich schieße!«

»Das war es dann«, sagte André, als er sich zu seine Freundin umdrehte.

»Es bleibt dabei. *Checkpoint Charlie.* Vergiss das nicht!«

»Für unsere Kinder«, gab sie ihm zurück und machte ihm ebenfalls Mut, das Kommende zu ertragen.

Als sie sich aufrichteten, wurden sie von einem grellen Scheinwerfer geblendet, der nach wenigen Sekunden wieder abgeschaltet wurde. Dann trat ein kurzes Schweigen ein und es wurde erkennbar, dass nur ein Polizist vor ihnen stand, der sich zu ihrem Erstaunen nicht bewegte und auch kein Wort sagte.

»Also los. Wo sind Deine Kumpels? Fangt an mit Eurem Theater. Wir leisten keinen Widerstand und geben keinen Anlass, dass Ihr schießen müsst!«, provozierte André und ahnte nicht, wie sehr ihn seine Freundin für seinen Mut und diese enorme Standfestigkeit bewunderte.

Wie aus dem Nichts geschah etwas, womit niemand in dieser Sekunde rechnen konnte.

»Lisa?«, kam es aus dem Mund des offensichtlich erstaunten Polizisten, der in der Dunkelheit nur grob in seinen Umrissen erkennbar war.

»Lisa, bist Du verrückt? Was machst Du hier? Meine Güte, ich hätte Euch beinahe erschossen!«

Das Mädchen brach in Tränen aus, als sie erkannte, dass Hannes vor ihr stand. Zunächst konnte sie keinen Ton sagen, entspannte sich aber sehr schnell und flüsterte halblaut:

»Um Himmels willen. Hannes. Hatte ich eben eine Angst!«

»Du brauchst nicht flüstern. Wir sind hier ganz allein. Außer mir ist niemand in der Nähe!«

»Wie könnt Ihr nur so wahnsinnig sein? Ihr wisst doch genau, wie gefährlich das hier ist?«

Bald saßen die drei im Gras und redeten miteinander. Hannes gab zu, dass auch er unglaubliche Furcht hatte, auf jemanden schießen zu müssen. Er berichtete, dass es ihm im Grenzdienst überhaupt nicht gefiel und er das Ende im Frühling herbei sehnte. Dankbar nahm er die Chance wahr, Lisa noch einmal seine Entscheidung genauestens zu erläutern, was sie so auch verstand und ihm seinen Seelendruck nahm. Zuletzt meinte er, dass er langsam wieder zu seinem Stützpunkt müsse und dass es logisch wäre, dass er sie nicht nur laufen ließ, sondern auch den kürzesten Weg zur Elbe zeigte.

Er begleitete sie noch ein Stück, bis sie das Wasser sehen konnten und sagte dann:

»Da unten zwischen den Büschen ist das Ufer sehr seicht und Ihr könnt recht weit ins Wasser gehen. Da schafft Ihr fast ein Drittel der Flussbreite, ohne schwimmen zu müssen. Ich kann Euch aber beim besten Willen nicht sagen, was auf oder im Fluss los ist. Das sagen sie uns auch nicht. Möglich, dass hier irgendwelche Hinterhalte existieren, Minen im Wasser schwimmen oder sonst etwas Undurchschaubares auf Euch wartet. Seid also vorsichtig und leise!«

Dann wandte er sich zu André und sagte:

»Sei gut zu Lisa. Versprichst Du mir das?«

»Mein Wort drauf!«

Dann drehte er sich zu seiner ehemaligen Freundin um, nahm sie in die Arme, küsste sie ein letztes Mal auf die Wange und sagte ihr Lebewohl. Die beiden sahen sich niemals wieder.

Dann kam der große und letzte Schritt. André und Lisa warteten noch ein paar Minuten auf eine große Wolke, die sich von Süden her näherte und das Licht der Sterne verdeckte. Dann stiegen sie in die Elbe, gingen ein ordentliches Stück weit durch das nur hüfttiefe Wasser, um sich sogleich schwimmend auf das andere

Ufer zuzubewegen. Gleich als sie den Boden unter den Füßen verloren, erfasste sie die Strömung und zog sie gnadenlos mit sich. Sehr bald zeigte sich, dass das Training der vergangenen Wochen alles andere als überflüssig gewesen war. Vor allem das kalte Wasser der Elbe verlangte ihnen einiges ab. Doch es gab kein Zurück. Sie wollten auch nicht, denn vor ihnen lag die andere, die freie Welt. Durch die permanente Konzentration und die anstrengende Bewegung verloren sie sehr bald alle Angst und kamen nach gut zwanzig Minuten völlig ausgekühlt und erschöpft aber unversehrt auf der westlichen Elbseite an. Sie krochen noch hastig die Uferbefestigung hinauf und versteckten sich in einem Gebüsch. Ein kurzes Verschnaufen, Schweigen, ein letztes Absuchen des Flusses und dann die Gewissheit.

»Wir sind drüben. Wir haben es geschafft. Lisa, wir sind frei«, sagte André und nahm das hemmungslos weinende Mädchen in die Arme.

Sie weinte vor Freude über die gewonnene Freiheit und sie weinte über die Verluste, mit denen sie das neue Leben bezahlen würde. André öffnete den kleinen Rucksack, den er als einziges Gepäckstück mitgenommen hatte, zog die darin in einer Plastiktüte wasserdicht verstauten, trockenen Klamotten heraus. Wenige Minuten später hatten sich die zwei erholt, waren warm verpackt und besprachen ihren weiteren Weg.

»Mein Freund hatte mir damals erzählt, dass unmittelbar auf der westlichen Uferseite ein kleines Dorf liegen würde. Dort wird man uns sicher helfen können«, erklärte André.

»Und wo genau soll das sein?«

»Von hieraus etwas südlich, wenn ich richtig gerechnet habe. Er sagte mir, wir müssten lediglich durch ein kleines Birkenwäldchen, dann würden wir schon die Lichter sehen.«

»Na, dann los«, sagte Lisa freudig.

Das Waldstück erreichten sie bald und tatsächlich wurden Minuten später einige beleuchtete Häuser sichtbar. Arglos und voller Zuversicht erreichten sie die durch den Ort führende Straße und klopften mutig an der Tür der Polizeiwache, vor der ein neuer VW Passat stand. Überhaupt waren die wenigen Häuser sehr elegant renoviert und vermittelten sofort einen wohlhabenden westlichen Eindruck. Ein kräftig gebauter älterer Polizist öffnete die Tür und musterte das Paar mit wachem Blick.

»Wie kann ich Ihnen helfen?«, fragte er in freundlichem Ton.

»Wir kommen aus der DDR. Wir sind gerade über durch die Elbe geschwommen«, schilderte André.

»Tatsächlich? Seid Ihr denn verrückt? Das ist ein mehr als lebensgefährliches Unternehmen. Im Sommer mag das ja noch angehen, aber jetzt im Herbst! Ihr müsst ja völlig durchgefroren sein. Kommt erst mal rein und wärmt Euch auf. Im Ofen knistert ein ordentliches Feuer!«

Den beiden fiel ein Stein vom Herzen. Sie wussten, dass Ihnen der freundliche Polizist helfen würde, traten ein, nahmen dicht neben der warmen Feuerstelle Platz und tranken dankbar den heißen Tee, den der uniformierte Schutzmann aus der kleinen Küche brachte. In der nächsten Stunde erklärte ihnen der Beamte, was nun alles zu tun war, was sie machen mussten, welche Behördengänge auf sie warteten, versprach aber, alles umfangreich vorzubereiten und ihnen behilflich zu sein. André und Lisa gewannen immer mehr Vertrauen zu dem Mann und hegten keinen Argwohn, als er sie irgendwann geradezu beiläufig nach ihrer Flucht fragte.

»Wie seid Ihr denn auf diese Idee und diesen Bereich für Eure Flucht gekommen?«

Zunächst nur zögerlich, dann aber, sich im Westen und sicher fühlend, wurden sie offener, berichteten von ihrer Unzufriedenheit mit den politischen Umständen, von ihren intensiven Vorbereitungen, von ihren Familien und Zukunftsträumen, vermieden aber jegliche Namensnennung. So verging eine weitere Stunde, bis Lisa äußerte, dass sie langsam müde war und sie noch eine Übernachtungsmöglichkeit brauchten.

»Dafür ist bereits gesorgt. Ihr werdet gleich abgeholt!«

Wie freundlich und hilfsbereit dieser Mensch zu ihnen war, dachte André, sollte aber gleich aus seinen Träumen gerissen werden.

Da Ihnen das Motorengeräusch, das von draußen in ihre Ohren drang, allzu geläufig war, achteten weder Lisa noch André auf das Knattern des Trabbis, der vor dem Haus anhielt. Dann aber wunderten sie sich darüber, schauten sich an, sahen zu dem Polizisten und bevor sie fragen konnten, öffnete sich die Haustür, durch die zwei *VoPos* in den Raum traten.

»Nehmen Sie die Hände auf den Rücken. Sie haben sich der versuchten Republikflucht schuldig gemacht und sind festgenommen«, sagte einer der beiden in miesestem Sächsisch.

»Wieso versucht?«, fragte Lisa, in dem sie mit leeren Augen zu André blickte.

Der aber hatte längst begriffen, was hier los war.

»Wir sind nicht im Westen. Der ganze Ort, der Polizist. Alles nur Tarnung. Wir sind in einem Geisterdorf. Wir wurden in eine Falle gelockt!«

»Und Dein Freund, der Dir von dieser Fluchtmöglichkeit erzählte?«

»Staatssicherheit!«, erwiderte André.

»Hören Sie auf zu reden«, polterte einer der Volkspolizisten, indem er ihnen beiden Handschellen anlegte.

»Denk immer an den Checkpoint. Verliere nicht den Glauben. Es bleibt bei meinem Versprechen«, rief er der weinenden Lisa zu, als er durch die Tür geschoben und abgeführt wurde. Sekunden später fuhr der Trabbi aus dem Dorf. Das war das letzte Bild, was Lisa von ihrem Freund für lange Zeit in Erinnerung haben sollte. Sie selbst wurde wenig später in dem Westauto fort und in die nicht weit entfernte Justizvollzugsanstalt Magdeburg gebracht.

Allein in ihrer Zelle war sie der Verzweiflung nahe und auch die Tränen brachten keine Linderung. Sie waren doch schon in der Freiheit und jetzt saß sie in diesem kalten Loch, in dem während der Nacht niemals das Licht ausgeschaltet wurde. Erst viel später wurde ihr klar, dass dieses kleine Nest an der Elbe gleich einem *potemkischen Dorf* von der DDR konstruiert worden war, um Menschen wie sie in die Falle zu locken und so an die Organisatoren im Hintergrund zu gelangen. Was sie nie erfuhr, war, ob André's Informant tatsächlich ein Stasiangehöriger war oder jemand, dem das Ministerium für Staatssicherheit jetzt an die Gurgel gehen würde.

Bald kam das jämmerliche Schauspiel des Gerichtsverfahrens eines totalitären Staates, dem sie geradezu gelangweilt und nur mit halbem Ohr zuhörte. Inzwischen hoffte sie, dass es ihrem Freund auch soweit gut ging und erinnerte sich täglich hundertfach an ihr Versprechen. Das Urteil kam wie erwartet. Zwei Jahre Haft. Dann fiel der Hammer und eine dumpfe, taube Zeit begann.

Beide hörten nichts mehr voneinander, wussten nicht, wo der jeweils andere inhaftiert war und erfuhren während ihrer Haftzeit nichts von ihren Angehörigen. Das aber quälte Lisa ungemein, denn ihre Familie wartete schon lange auf eine Nachricht von ihr.

Zweieinhalb Jahre später. Erster Juni neunzehnhundert neunundsiebzig. Checkpoint Charlie, Westberlin, elf Uhr dreißig. Lisa stand direkt am Kontrollhäuschen und hatte dem fragenden *GI* der US-Streitkräfte erklärt, worauf sie wartete. Sie war wirklich nervös. Wenn alles gut gegangen war, musste André in wenigen Minuten auftauchen.

Etwa vier Wochen bevor ihre reguläre Haftzeit endete, ging eines Nachts ihre Zellentür auf, wurde Lisa in einen Bus gesetzt und fand sich Stunden später im Durchgangslager Friedland wieder, wo sie drei Monate ausharrte. Von dort aus ging sie bald zu ihrer Tante nach Berlin und hoffte nun, dass sich der Vorhang ihrer Fluchtgeschichte ein letztes Mal lichtete.

Es ist immer wieder im Leben so, dass man vor einem Wald steht und ihn wegen der vielen Bäume nicht sieht. So ging es auch Lisa an diesem strahlenden Junitag. Sie starrte in die vorbei ziehende Menschenmenge der vielen Touristen, schaute auf die Uhr und wieder auf die vielen Leute und bemerkte nicht, wie André bereits unmittelbar vor ihr stand. Dann aber erkannte sie ihn. Ihr Herz wollte stehen bleiben und das Atmen fiel ihr schwer, als dieser freche Kerl vor ihr stand und so tat, als hätten sie sich gestern erst verabredet.

»Entschuldigen Sie, meine Dame. Ich glaube, ich habe mich einen Moment verspätet!«

Lisa nahm sich zusammen. Sie hatte sich schon ewig nicht mehr so gefreut und sagte:

»Oh, das macht doch nichts. Es waren doch nur zweieinhalb Jahre!«

Die letzten Worte aber nuschelte sie völlig verheult, jedoch überglücklich in seinen Hemdkragen.

Sophie

Die Innenstadt war an diesem verkaufsoffenen Samstag wie so häufig völlig überfüllt, denn die vielen Menschen zog es nach einem langen, grauen Winter an diesem sonnigen Frühlingstag in die Geschäfte, Eisdielen und Cafés. Sophie war mit der Gewissheit, dass sie ohnehin keinen Parkplatz finden würde, mit ihrem Fahrrad unterwegs und hatte sich angesichts des schönen Wetters zu diesem Entschluss beglückwünscht. Sie mochte es eigentlich nicht, zu diesen Stoßzeiten in der City unterwegs zu sein, aber am heutigen Tag ließ es sich einfach nicht vermeiden. Insgeheim aber freute sie sich auf die abendliche Verabredung mit ihrer Freundin und wollte sich, da noch einiges vorzubereiten war, nicht zu lange in den Geschäften herumtreiben. Als sie durch die Fußgängerzone ging, geriet sie plötzlich in eine größere Gruppe Jugendlicher, die in ihrem Übereifer herumkaspernd den Weg versperrten.

»Darf ich bitte hier durchgehen?«, sprach sie ein junges Mädchen an, musste aber ihre Bitte noch einmal wiederholen, da ihre Worte in diesem lauten Gejohle unterging.

»Lass die Mutti doch durch«, vernahm sie dann die frechen Worte eines Jungen, der sich offensichtlich vor seinen Leuten hervortun wollte, sie an der Schulter berührte und gespielt höflich bat, weiterzugehen.

Sie nahm ihn optisch nur im Vorbeigehen, geradezu beiläufig war und erinnerte sich später besonders daran, dass er über seine rechten Augenbraue eine kleine, etwa drei Zentimeter lange Narbe hatte. Ansonsten sah er aus, wie alle seiner Kumpane auch. Kurzes, schwarzes Haar, mittelgroß. An mehr konnte sie sich nicht erinnern. Anschließend gab es noch ein kurzes Gedränge, dann aber war Sophie endlich durch und ging ihrer Wege. Diese Situation hatte sie wenige Minuten später auch schon vergessen.

»Warum gehst Du denn nicht ans Telefon?«, fragte Julia, als sie absprachegemäß um neunzehn Uhr in der Wohnung ihrer Freundin auftauchte.

»Ich habe mehrfach versucht, Dich zu erreichen!«

»Oh, das tut mir leid. Ich habe das blöde Ding irgendwo in der Einkaufstasche versenkt. Aus diesem Grund habe ich es einfach nicht gehört.«

»Mag ja sein, aber irgendwann musst Du doch mal schauen, ob Dich jemand erreichen wollte. Es könnte ja etwas passiert oder hinsichtlich unserer Verabredung etwas dazwischen gekommen sein!«, erklärte Julia.

»Ich weiß, dass ich diesbezüglich etwas sehr nachlässig bin. Ich verspreche, mich künftig zu bessern!«, gab Sophie einsichtig und schuldbewusst zurück.

Tagelang achtete sie trotz der Standpauke ihrer Freundin nicht darauf, ob das Handy wie vermutet in ihrer Tasche lag. Erst, als sie es in der Wochenmitte tatsächlich brauchte, wurde sie unruhig, da sie es trotz intensiver Suche nicht finden konnte.

Aber ich habe es doch in die Seitentasche gesteckt. Das weiß ich ganz genau, ging es ihr durch den Kopf. Doch es half nichts. Das Telefon war nicht aufzufinden.

»Du musst es sperren lassen!«, riet ihr Julia, als sie sie kontaktierte.

»Wenn Du es lediglich verloren hast, ist es nicht so schlimm. Du bekommst eine neue SIM-Karte und gut ist es. Wenn es jedoch geklaut und von jemandem missbräuchlich benutzt wird, könnte es schon recht problematisch werden!«

Die zwei hatten nicht die leiseste Ahnung, wie nahe sie mit ihrer Vermutung der Wahrheit gekommen waren.

»Haben wir inzwischen neue Erkenntnisse über diesen Blödmann Jan Friederichs?«, fragte Kriminalhauptkommissar Keller seinen neben ihm sitzenden Kollegen.

Seit Wochen war der Staatsschutz an den höchst verdächtigen Aktivitäten dieses kriminellen Nachtschattengewächses äußerst interessiert. Jan hatte bereits in seinen jungen Jahren eine beachtliche Karriere abseits der Rechtmäßigkeit aufs Parkett gelegt. Waren es anfangs nur Diebstähle und kleine Gaunereien, wurde der Bengel sehr bald politisch und trieb sich immer häufiger in muslimischen Kreisen herum.

»Nein. Es gibt keine neuen Infos, aber wir sollten ihn doch endlich hochnehmen. Was wir bislang an Beweisen haben, reicht locker für einen Haftbefehl!«

»Einen Moment lassen wir uns noch Zeit. Ich möchte wissen, warum er sich seit einiger Zeit in dieser Moschee herumtreibt. Das stinkt zum Himmel. Die planen doch ganz sicher was!«

Das Gespräch wurde unterbrochen, als Keller seine Gedanken erläutern wollte. Der Einsatzleiter meldete sich telefonisch bei ihm und berichtete, dass man genau in diesem Moment im Bereich des Funkmastens ihres Operationsgebiets ein Telefonat abgehört hatte, in dem zwischen zwei Männern in seltsamen Metaphern kommuniziert wurde. Man kannte diese verzwickten Wortspiele und übersetzte sie inhaltlich als Hinweis auf einen möglichen Giftgasanschlag im Stadion, der mittels einer Drohne ausgeführt werden sollte.

»Dachte ich es mir doch. Von wegen Sicherheitskontrollen!«, sagte Keller halblaut vor sich hin.

Während er mit dem Einsatzleiter noch ein paar Gedanken austauschte, unterbrach dieser das Gespräch:

»Achtung. Genau in dieser Sekunde wählt sich die verdächtige Nummer erneut ein. Kannst Du vielleicht sehen, wer gerade sein Handy in die Hand genommen hat?«

Und ob er das konnte. Es war ohne jeden Zweifel Jan Friedrichs.

»Verabredung zu einer schweren Straftat. Jetzt ist es soweit, jetzt fährt er ein!«, sagte Keller und ließ die im Verborgenen lauernden Kettenhunde von der Leine.

Sein Team war extrem gut eingespielt. Die unendlich vielen Trainingseinheiten hatten die eingeschworenen Jungs zu einer schlagkräftigen Gang geformt, in der jeder genau wusste, was die anderen zu welcher Zeit an welchem Ort gerade taten. Es dauerte dann auch nur wenige Augenblicke, bis alle Einsatzkräfte positioniert waren und dann Kellers Befehl hörten.

»Zugriff!«

Das Ganze kam über ihn, wie ein plötzliches Unwetter. Jan Friedrichs wusste nicht recht, wie ihm geschah. Er krachte zu Boden, saß Sekunden später in einem Polizeiauto und fand sich nur Minuten danach in einem Vernehmungszimmer der Polizei wieder, wo er stundenlang verhört wurde, um spät am Nachmittag dem Haftrichter gegenüber zu sitzen, der ihn bis auf Weiteres einkerkern ließ. Er wusste nur zu genau, dass die Polizei auch seinen Kumpanen in der Moschee an den Kragen gegangen war und dass man ihn final am Kanthaken hatte.

Keller selbst war nur einen kurzen Moment bei der Vernehmung anwesend, denn sein Chef kam umgehend auf ihn zu und sagte, dass das von Friederichs benutzte Telefon nicht dessen Eigentum war, sondern einer Sophie Hartmann gehörte.

»Müssen wir die kennen?«, fragte Keller.

»Ab jetzt wohl, denn ihr Telefon ist Tatmittel!«

»Haben wir Erkenntnisse über diese Frau?«

»Sie ist Dozentin an der Uni, lebt allein, politisch vollkommen unauffällig und strafrechtlich ein völlig unbescholtenes Blatt. Das jedenfalls ergaben die bisherigen Ermittlungen.«

»Das muss nichts heißen. Die Anonymität der Mittäter ist unser größter Feind. Darauf vertrauen diese Ganoven. Wie sieht es mit ihren Kontakten aus? Kennt sie Friedrichs?«

»Du sagst es. In den sozialen Netzwerken tauchte kürzlich ein Foto einer Gruppe Jugendlicher auf, die unlängst in der belebten Fußgängerzone unterwegs war. Darauf ist eindeutig zu sehen, wie die zwei nebeneinander standen und Friedrichs ihr etwas zu erzählen schien!«

»Vielleicht hat sie ihm dort das Telefon gegeben!«

»Oder er hat es ihr geklaut. Auch das müssen wir in Erwägung ziehen. Stell Dir das mal vor. Sie gerät vielleicht völlig zu Unrecht in das Räderwerk des Strafgesetzbuch und der Strafprozessordnung!«

»Hat sie den möglichen Diebstahl ihres Handys zur Anzeige gebracht?«

»Nein. Vielleicht hat sie es noch gar nicht bemerkt. Das würde erklären, warum sie die SIM-Karte noch nicht sperren ließ!«

»Mag sein, aber objektiv betrachtet weckt das ganze nicht unbegründete Verdächte!«

»Wir müssen zu ihr und zum Schutz meiner Leute muss ich von einer Mittäterschaft oder einer anderen Tatbeteiligung ausgehen!«, sagte Keller.

»Von daher gilt sie für mich erst einmal als Mittäterin oder Gehilfin und genauso so bereite ich unseren Besuch bei ihr vor. Ich trage eine große Verantwortung für meine Leute und habe da keine andere Chance!«, sagte Keller, indem er sein ganzes Team zusammentrommelte.

Sophie hatte es sich nach einem nervigen Tag in der Uni gemütlich gemacht und war froh, dass sie an diesem Tag keine Verabredung mehr hatte. Auf ihrem Schreibtisch lag noch ein riesiger Stapel zu korrigierender Prüfungsklausuren, die sie aber erst in den kommenden Tagen bearbeiten wollte. Im Moment hatte sie einfach keine Motivation, sich darum zu kümmern. Da sie diesbezüglich auch keinen Zeitdruck hatte, konnte der Stapel ruhig noch ein paar Tage liegen bleiben. Es war sehr leise in ihrer Wohnung und tatsächlich wünschte sie sich häufig jemanden an ihrer Seite, mit dem sie ihr Leben teilen konnte. Allerdings wirkten die Nachwehen ihrer bereits einige Jahre zurückliegenden Scheidung noch derart heftig in ihr, dass sie sich im Augenblick auf keine neue Beziehung einlassen wollte. Bei gemütlichem Kerzenlicht und einem Glas Rotwein lungerte sie auf ihrem bequemen Sofa und blätterte interessiert in einer Modezeitschrift, als sie im sonst so stillen Treppenhaus ungewohnte Geräusche hörte.

Da hat der Nachbar wohl seine gesamte Verwandtschaft eingeladen, dachte sie bei sich und schenkte dem Ganzen keine weitere Aufmerksamkeit, zumal es auch sofort wieder leise geworden war.

Es waren kaum zwei Minuten vergangen und Sophie bereits wieder in ihrer Zeitschrift versunken, als es an ihrer Wohnungstür nur ein einziges Mal heftig rummste. Sophie erschrak, sprang auf, drehte sich um und wurde im selben Moment von einer Horde schwarz gekleideter Männer, die unter dunklen Helmen versteckt und mit Schusswaffen in den Händen auf sie zustürmten, umgerissen, zu Boden gedrückt und fixiert.

»Polizei. Nehmen Sie die Hände hoch!«, oder etwas Ähnliches hatte sie wohl hören, jedoch den Forderungen nicht nachkommen können, da sie auf dem Bauch liegend von zwei überaus kräftigen Kerlen gehalten wurde. Zur Unbeweglichkeit verdammt drehte man ihre Arme sehr unsanft auf den Rücken, legte ihr Handschellen an und äußerte etwas von Festnahme.

Sophie wusste nicht, wie ihr geschah, was überhaupt los war. Von der Situation vollkommen überrumpelt, ergab sie sich starr und schweigend in ihrem Schicksal. Es dauerte lediglich Sekunden, bis sie von kräftigen Händen hochgehoben und auf die Beine gestellt wurde. Kaum, dass sie stand, zog man ihr etwas über ihren

Kopf, dass einer der Männer als *Spuckmaske* bezeichnete. Eine nur leicht durchsichtige, helle Zellstofftüte, die ihr die Möglichkeit der Orientierung nahm. Jetzt wurde sie unsanft in ein vor dem Haus stehenden Pkw gesetzt, der sogleich und in Begleitung zweier weiterer Fahrzeuge mit hoher Geschwindigkeit durch die Stadt raste.

Es mochten gerade zehn Minuten vergangen sein, als sich Sophie allein in einem stillen Raum auf einem Stuhl sitzend, wiederfand. Die Maske hatte man ihr abgenommen, die Handschellen nicht. Alles tat weh und auch. Innerlich etwas ruhiger geworden, war sie nicht mehr in der Lage, die Ereignisse rational zu erfassen.

Was war hier los? Was habe ich verbrochen?, fragte sie stumm in sich hinein. Tränen liefen ihr übers Gesicht. Sophie hatte Angst. Schlimme, erdrückende Angst. *Es wird sich ganz bestimmt bald alles aufklären. Die werden sicherlich schnell erkennen, dass sie einen großen Fehler gemacht haben,* versuchte sie sich gedanklich zu trösten und hatte nicht den Hauch einer Ahnung, dass die Ereignisse der vergangenen Stunde erst der Auftakt zu einem Martyrium sein sollten, welches ihr gesamtes Leben auf den Kopf stellen würde.

Nach einigen Minuten der Stille öffnete sich die Tür und ein sehr ernst dreinblickender Mann trat ein. Er trug ein paar Akten unter seinem Arm, setzte sich zu Sophie an den Tisch, blätterte in einem blauen Ordner und würdigte sie keines Blickes. Weitere Minuten vergingen, bis Sophie - von diesem unhöflichen Verhalten irritiert - das Wort ergriff.

»Hören Sie bitte. Das alles muss ein Irrtum sein. Ich habe niemandem etwas getan!«

Der Mann reagierte nicht, schaute nur kurz auf, um sich dann wieder seinen Unterlagen zu widmen.

»Haben Sie mich verstanden?«, wollte Sophie wissen.

Nichts. Keine Regung.

»Können Sie mir bitte die Handschellen abnehmen? Die tun mir weh!«

Minuten vergingen, als der Polizist sagte:

»Sie waren während ihrer Schulzeit auf dem Gymnasium politisch aktiv und radikale Aktivitäten waren Ihnen nicht unbekannt!«

»Wen interessiert das heute noch? Das ist ewig her! Was wollen Sie überhaupt von mir?«

Sophie erinnerte sich nur ungern an diesen Teil ihrer Jugend, denn sie hatte sich damals aus Zuneigung und durchaus törichter Verblendung von ihrem damaligen Freund, einem iranischen Schönling, in so eine fragwürdige Organisation locken lassen, über die sie zunächst gar nichts wusste, nach und nach aber mitbekam, wohin der Zug dieser Gruppierung hinfuhr. Zimperlich waren die Mitglieder in der Verbreitung ihres Glaubens jedenfalls nicht.

Allerdings hatte sie mit diesen Zielen nichts am Hut, sondern wollte nur in der Nähe ihrer großen Liebe sein. So geriet Sophie auch in das ein oder andere Studentenscharmützel und hatte in den Jahren wiederholt Kontakt mit der Polizei.

»Mein Gott, das waren Dummheiten. Ich hatte keinerlei politische und schon gar keine radikale Ambitionen!«

»Aus diesem Grund haben sie dann auch Islamwissenschaften studiert, oder?«

»Auf Empfehlung meines Freundes, der mir das Thema aus nicht uneigennützigen Gründen schmackhaft gemacht hatte, wie ich später bemerkte. Das Studium dauerte gerade mal bis in die Mitte des zweiten Semesters. Dann trennte ich mich von ihm, denn ich erkannte, dass das alles Unsinn war und legte all diese Dinge ab, weil sie vollends ohne Bedeutung für mich waren und mich über kurz oder lang auf dünnes Eis führen würden. Ich musste und wollte sie also aus meinem Leben verbannen!«

»Sie sind inzwischen Dozentin an der Universität und geben in ihrer Freizeit Nachhilfe für eine islamische Studentengruppe!«

»Ja. Weil ich möchte, dass sie ihr Studium schaffen und mit erheblichen Sprach- beziehungsweise Verständigungsproblemen zu kämpfen haben!«

»Mit dem Islam haben sie es aber, oder irre ich mich?«

»Zufall«, sagte Sophie kurz angebunden und langsam mürrisch werdend.

Nach einigem Überlegen meinte sie, in der Haltung des Vernehmungsbeamten so etwas wie Ablehnung und eine gehörige Portion Voreingenommenheit gegen dieser Glaubensrichtung oder der Menschen islamischer Länder zu erkennen und erklärte ihm:

»Ich möchte Sie bitten, den Islam nicht gleichzeitig mit Gewalt in Verbindung zu bringen. Durch ihre berufliche Erfahrung als Polizist werden sie genug Erfahrung haben und die vielen, politisch eingefärbten Berichterstattungen in unseren Medien tragen das Ihre zu einer voreiligen und für mein Empfinden allzu unkritischen Meinungsbildung in unserer Bevölkerung bei. Was aber wissen Sie denn wirklich über den Islam? Haben Sie sich schon einmal mit dem Koran auseinandergesetzt? Das alles ist viel komplexer und die große Mehrheit der Angehörigen dieses Glaubens wird Ihrer einseitigen Sicht kaum gerecht!«

Wenn ihr zu diesem Zeitpunkt bewusst gewesen wäre, welche Vorhaltungen noch auf sie warteten und welche Zielrichtung der Beamte vor ihr mit seiner geschickten Rhetorik verfolgte, hätte sie sich mit ihrem etwas überheblich belehrend wirkenden Statement wohl zurückgehalten.

»Wir haben Ihre Wohnung durchsucht und festgestellt, dass sie vornehmlich islamische Musik hören!«

»Das stimmt. Folklore. Sehr schöne Klänge und tiefsinnige, emotionale Texte. Aber warum durchsuchen Sie meine Wohnung? Dürfen Sie das überhaupt?«

Keine Antwort. Erneutes Schweigen. Dann legte er ihr zehn Porträts von jungen Männern vor. Alle Anfang zwanzig und recht ähnlich aussehend.

»Kennen Sie jemanden von denen?«

»Nein«, sagte Sophie, nachdem sie einen kurzen Blick darauf geworfen hatte.

»Schauen Sie nochmal genau hin. Bitte! Es ist sehr wichtig!«

»Nein. Ich kenne keinen«, bestätigte sie ihre Aussage nach eingehender Betrachtung der Fotos.

Der Mann schaute sie prüfend an, wartete einige Sekunden und legte eine Aufnahme auf den Tisch, die Sophie ein paar Tage zuvor in der Innenstadt mitten in einer Schülergruppe zeigte, als sie sich mit einem jungen Mann unterhielt.

»Wo haben Sie das her?«

»Es kursiert in den sozialen Netzwerken!«

»Wie? Soziale Netzwerke?«, fragte sie erstaunt.

»Facebook, Instagram, Twitter«, wurde ihr erklärt.

»Und da kursiert dieses Bild?«

»Ja. Die Welt ist jetzt so!«, sagte der Beamte.

»Das war am vergangenen Samstag. Da wurde ich von den Schülern umringt und konnte meinen Weg nicht fortsetzen. Der junge Mann kam auf mich zu und hat dafür gesorgt, dass ich weitergehen konnte!«

»Gerade haben sie noch gesagt, Sie würden ihn nicht kennen!«

Jetzt fiel ihr auf, dass der Mann tatsächlich auf einem der Fotos war, die ihr zuvor auf den Tisch gelegt worden waren.

»Was soll es auch. Den habe ich in diesen wenigen Sekunden nicht bewusst wahrgenommen und kenne ihn auch nicht. Was ist mit ihm?«

»Ihr Interesse ist dann aber doch vorhanden, sonst würden sie kaum nachfragen?«

»Das stimmt nicht. Sie haben mich neugierig gemacht!«

»Nun, dieser Mann hat einen Anschlag geplant!«

»Tatsächlich?«, sagte Sophie erstaunt und schaute das Foto noch einen Moment an.

»Was habe ich damit zu tun und warum sitze ich hier in Handschellen?«

»Weil das Verabreden zu einer schweren Straftat nicht gerade ein Kavaliersdelikt ist!«

»Hören Sie. Ich habe so etwas nicht getan. Das ist ein Irrtum!«

»Sie vielleicht nicht. Die Absprache zu einem Attentat erfolgte allerdings mit ihrem Handy und Sie wurden festgenommen, weil man Ihnen eine Beteiligung an der Straftat zur Last legt!«

Sophie verschlug es die Sprache. Sie brauchte einige Zeit, das alles zu verdauen und sagte dann den Tränen nahe:

»Dann hat man mir das Telefon geklaut. Meine Freundin hat mich auch den ganzen Tag anzurufen versucht und geschimpft, dass ich nicht erreichbar war. Ich hab es nicht so mit diesen mobilen Dingern. Außerdem bin ich noch nicht dazu gekommen, die Karte sperren zu lassen oder den Verlust anzuzeigen. Glauben Sie mir bitte, dass ich nichts Strafbares gemacht habe«, erklärte Sophie mit zittriger Stimme, denn so langsam wurde ihr bewusst, wie prekär sich die Situation zuspitzte und dass es jetzt sehr eng für sie wurde.

»Das erzählen Sie bitte dem Haftrichter«, sagte ihr Gegenüber tonlos.

»Haftrichter?«, fragte Sophie nach.

 »Soll das heißen....?«

»Genau so ist es. Sie sollten von jetzt an einen Rechtsanwalt beauftragen, Ihre Interessen wahrzunehmen, denn allein schaffen Sie das ganz sicher nicht!«

Hauptkommissar Keller berichtete nach seiner Rückkehr ausführlich von den Ergebnissen der Durchsuchung und stellte klar, dass es keine weiteren belastenden Beweismomente gab, die auf eine konkrete Zugehörigkeit zu irgendwelchen Terrorzellen oder Ähnlichem gab. Ein Ermittler des Innendienstes berichtete, dass Sophie's Geldflüsse und ihr gesamtes Umfeld derzeit überprüft würden, und dass es bis zu einem Ergebnis noch gut achtundvierzig Stunden Zeit brauche.

»Okay!«, sagte der Gesamteinsatzleiter.

»Wir haben genug für einen Haftbefehl. Bereitet alle Unterlagen vor, denn in zwei Stunden haben wir einen Termin beim Richter!«

Sophie saß hilflos und allein in einer Zelle der Polizei, hatte allerlei Maßnahmen über sich ergehen lassen und hoffte inständig, dass ihr inzwischen benachrichtigter Rechtsanwalt den nötigen Einfluss haben würde, um sie aus dieser Situation zu befreien. Dann öffnete sich die Zellentür, sie wurde gebeten, den Polizisten zu folgen und fand sich nach einer zwanzigminütigen Autofahrt in einem großen Büro wieder. Ihr Rechtsanwalt erwartete sie, versuchte, ihr Mut zuzureden und musste wenig später miterleben, wie der Haftrichter eine Beweiskette vorlas, die er im Moment keinesfalls zu widerlegen in der Lage war. Was er hörte, bewies nichts, begründete allenfalls einen Verdacht, aber der reichte aus, seine Mandantin in Untersuchungshaft zu nehmen. Und so kam es dann auch. Sophie sackte fast zusammen, als sie die Haftanordnung vernahm, die solange dauern sollte, bis alle be- oder entlastenden Tatumstände zusammengetragen und ausgewertet waren. Und das sollte knappe drei Monate dauern. Eine Zeit, die ausreichte, ihr gesamtes bisheriges Leben zu zerstören.

Selbstverständlich wurde Jens Friedrichs gefragt, wie er an das Handy gekommen war, allerdings hatte ihm sein Rechtsbeistand geraten, sich vor der Polizei nicht zu äußern, und so blieb der fragliche Diebstahl zunächst im Verborgenen.

Erst nach Tagen hatte Julia die Möglichkeit, ihre Freundin zu besuchen und die zwei fielen sich schluchzend in die Arme, als sie sich im Besucherraum wiedersahen. Julia verschwieg, was die

Zeitschriften im ganzen Land verbreiteten. Das würde Sophie gänzlich zu Boden reißen.

»Uni-Dozentin unter Terrorverdacht« war nichts, was Sophie jetzt hören musste, obwohl sie davon ausging, dass sie darüber längst Bescheid wusste. Eine halbe Stunde erzählte sie Julia, was man ihr vorwarf und wie es ihr zwischenzeitlich ergangen war. Ungläubig starrte Julia ihre Freundin an und konnte es nicht fassen, was da in ihre Ohren drang.

»Das ist doch der blanke Wahnsinn. Du und Gewalt. Die spinnen doch. Du wirst sehen, dass sich das alles sehr schnell aufklären wird!«

»Aber schadlos komme ich da trotzdem nicht raus, vermute ich?«

»Was meinst Du?«

»Überlegt doch mal. Eine Universitätsdozentin, die sich mit derartigen Vorwürfen konfrontiert sieht, sitzt inzwischen in Untersuchungshaft. Das gefundene Fressen für die Presse. Da wird es Reaktionen geben. Ganz ohne Zweifel.

Julia überlegte und hatte nichts, was diese Vermutung zu entkräften in der Lage war, nahm Sophies Hände und sagte aufmunternd:

»Warten wir es ab. Es wird alles recht schnell ans Tageslicht kommen. Da bin ich mir sicher!«

Dann war die Besuchszeit auch schon wieder vorbei. In den kommenden Wochen nutzte Julia jede Möglichkeit, Sophie zu unterstützen und diese Freundschaft war es auch, die der Tatverdächtigen half, diese schreckliche Zeit zu überstehen.

Sophie hatte sich tatsächlich nicht geirrt. Nur wenige Tage später wurde sie vom Präsidenten der Universität besucht, mit dem Sie sich immer gut verstanden hatte. Auch er mochte die Geschichte nicht glauben.

»Das ist doch nicht wahr. Auch Ihre Studenten und das gesamte Universitätspersonal sind wie vom Donner getroffen!«, sagte Professor Dr. von Winterstein.

»Nein. Das ist es auch nicht. Wenn man aber der Beweiskette der Polizei folgt und sie so auslegt, wie es die Staatsanwaltschaft und der Haftrichter getan haben, drängt sich eine gewisse Logik auf. Sie hat nur einen grundsätzlichen Fehler. Sie stimmt nicht, denn es ist nichts anderes passiert, als dass man mir mein Telefon geklaut und damit einen Anschlag verabredet hat!«

»Aber es gibt doch keinen Beweis für Ihre Tatbeteiligung!«

»Natürlich nicht. Ich habe ja auch nichts getan. Alles nur Indizien. Die aber reichten aus, mich hierher zu bringen!«

So unterhielten sie sich noch eine ganze Zeit, bis sich der Professor äußerte, dass er bereits mit dem Kultusministerium Kontakt hatte und sich auch weiterhin dort für sie einsetzen würde. Das alles aber half nichts. Die öffentliche Meinung duldete keine solche Situation und Sophie war nicht einmal erschrocken, als sie von ihrer Suspendierung unterrichtet wurde.

So vergingen weitere dumpfe zwölf Wochen zwischen Wut und Verzweiflung im Knast, während derer sie regelmäßigen Besuch von ihrem Anwalt hatte, der ihr einen baldigen Haftprüfungstermin in Aussicht stellte.

»Der Vorwurf wiegt schwer und den auszuräumen, bedarf einer akribischen Vorbereitung!«, erklärte er und versprach äußerstes Engagement.

Dazu aber kam es nicht mehr. Irgendwann wurde ihr von einer Wärterin zugeflüstert, dass sich in ihrer Sache etwas getan hatte.

»Die kamen in den vergangenen Stunden ein paarmal zu mir und fragten sowohl nach Deinem Befinden und wie Du Dich hier in den drei Monaten verhalten hast. Das ist nicht ungewöhnlich, geschieht in dieser Form aber immer dann, wenn sie an einer außerplanmäßigen Entlassung arbeiten!«

Tags darauf erschien ihr Anwalt und teilte mit, dass das Gericht einen Termin einberufen hat.

»Wann wird das sein?«, fragte Sophie.

»Jetzt gleich. Wir fahren da sofort hin. Ich bin hier, um Sie abzuholen!«

Eine Stunde später erklärte der Haftrichter, dass der Hauptverdächtige sein Schweigen gebrochen und Sophies Schilderung umfänglich bestätigt hatte. Er schloss sein eher emotionsloses Statement mit den Worten:

»Da nun keine weiteren belastenden Beweise vorliegen, ist die Inhaftierte mit sofortiger Wirkung entlassen. Die Ermittlungen gegen sie werden eingestellt. Allerdings wird sie im Hauptverfahren als Zeugin vor Gericht geladen werden!«

Schon am späten Nachmittag stand sie in ihrer Wohnung. Julia hatte sie nach der polizeilichen Durchsuchung wieder aufgeräumt und gereinigt, sodass Sophie hätte glauben können, sie wäre nie länger fort gewesen. Es fühlte sich geradezu surreal an, nicht in einer kleinen Zelle eingesperrt, sondern wieder in Freiheit zu sein und jederzeit dorthin gehen zu können, wo sie wollte. Am Abend saß sie mit Ihrer Freundin im Restaurant. Sie sprachen noch einmal über die schweren Wochen und Julia fragte irgendwann:

»Wie geht es für Dich jetzt weiter. Wird die Suspendierung wieder aufgehoben?«

»Das ist mir egal. Ich werde die Uni verlassen, möchte aber auch in der Stadt nicht immer jene sein, die einmal - wenn auch zu unrecht - im Gefängnis war!«, antwortete sie erstaunlich gefasst.

Julia wusste sofort, dass Sophie so etwas nicht aus dem Bauch heraus von sich gibt. Ihr war klar, dass dieser und ganz sicher auch weitere Pläne während der Haft entstanden waren. Sie wusste, dass sie Sophie nicht mehr so häufig sehen würde und sich auf längere Autofahrten einstellen musste, um sie zu besuchen.

Ich kann Dir helfen

Der Birkenwald, an dessen Bäumen die knallgelben Blätter im milden Sonnenlicht eines herrlichen Septembertages leuchteten, wirkte, als stünde er in Flammen. Jonas saß etwas abseits im hohen Gras und beobachte das magische Flimmern des Lichts, atmete die wunderbare Luft, lauschte den ungestörten, natürlichen Geräuschen, fühlte die tiefe Entspannung in sich aufsteigen, sah einem über ihm auf weit ausgebreiteten Schwingen lautlos durch die Luft segelnden Bussard nach und wünschte sich, dass er ihn auf seiner schwerelosen Reise durch das Blau des weiten Himmels begleiten, mit ihm davonfliegen könnte.

Das ist die absolute Freiheit, dachte er sich und folgte mit aufmerksamen Blick diesem wunderbaren Vogel, bis er in der Ferne nur noch als kleiner Punkt zu sehen war, um kurz darauf ganz aus Jonas' Blickfeld zu verschwinden. *Alles hat seine Zeit und die Dinge haben ihren Platz. Der Mensch kann der irdischen Gravitation aus eigener Kraft niemals entfliehen, denn sein Lebensraum ist eben hier unten. Wir müssen für immer auf unseren Füßen über diesen, nur wenigen Zentimeter dicken, homogenen Erdboden, der alles Leben ermöglicht, herumlaufen,* war sein letzter Gedanke, als er den Greif innerlich verabschiedete und weiter durch die Wiesen schlenderte.

Vorbei an einem kleinen See, dem lustig plätschernden Bach folgend und hinüber zu einer kleinen Hügelkette. *Was immer auf dieser Welt kreucht oder fleucht, ist lediglich zu Besuch hier, einen kurzen Moment nur. Wenn das doch nur allen bewusst wäre, würden wir sicherlich ganz anders mit dem Geschenk des Lebens umgehen,* ging es ihm durch den Kopf, als er einige Zeit später erkenntnisreich seinen Heimweg antrat.

So war Jonas. Ein kleiner Tagträumer, der sich oft in die Natur abseits seines Heimatdorfes aufmachte, um die unverfälschte Schönheit der Schöpfung zu bewundern. Natürlich hatte er viele Freunde, mit denen er häufig unterwegs war, doch immer wieder zog er sich zurück und suchte die Einsamkeit. Aus diesem Grund mochte der dreizehnjährige, etwas pummelige Junge auf andere durchaus als sonderbar, zuweilen eigenbrötlerisch wirken, doch das war ihm ziemlich egal. Er war wie er war und die anderen waren halt anders. Was aber konnte das schon bedeuten. Allerdings durfte man diesen nachdenklichen Jungen ob seines Andersseins keinesfalls unterschätzen.

»Ein sehr schlauer, ein intelligenter kleiner Kerl, der sich intensiv mit allem beschäftigt, was ihm begegnet. Seine Neugier und sein Wissensdurst treiben ihn unermüdlich an, den Dingen auf den Grund zu gehen, sie zu erforschen, zu verstehen«, beschrieb ihn der Lehrer einmal während einer Schulveranstaltung den Eltern gegenüber und betonte die durchweg sehr guten Noten seines Musterschülers.

»Aus ihm wird einmal etwas. Das ist für mich so klar wie Kloßbrühe«, unterstrich er noch einmal seine Meinung.

Jonas drehte sich auf einer kleinen Brücke noch einmal um und verabschiedete sich von diesem wunderbaren Fleckchen Erde. Er hätte beim besten Willen nicht sagen können, wie oft er schon hier gewesen war. Dieser Ausflug sollte jedoch der letzte gewesen sein, denn schon am nächsten Tag würde er mit seiner Familie fortgehen. Er musste diese vertraute Welt und auch seine vielen Freunde zurücklassen, denn sein Vater hatte in einer süddeutschen Stadt einen neuen Job angenommen. Es bedrückte den kleinen Denker, umziehen zu müssen. Nach häufigen Gesprächen mit Mama und Papa, die ihn auf viele neue und tolle Sachen, eine große Schule mit ganz anderen Lernmöglichkeiten, aber auch auf viele neue Freunde, einen Fußballverein und so vieles andere vorbereiteten, lockte ihn die weite Welt, für die er die Alpengegend damals hielt, dann doch immer heftiger.

Tage später setzte er seinen ersten Schritt auf den Hof der neuen Schule, verhielt einen Moment, sah sich das riesige Gebäude an und fragte sich, wie viele Schüler hier wohl unterrichtet wurden, ging dann aber schnell weiter. Seine Mutter hatte ihn begleiten wollen, was ihr Sohn jedoch energisch abgelehnte.

»Ich bin doch kein Baby mehr und was soll meine neue Klasse denken, wenn ich von Mama zur Schule gebracht werde?«, äußerte er mit dem ihm eigenen Selbstbewusstsein, vor dem seine Mutter schon immer kapituliert hatte.

»Mein Großer weiß genau, was er will!«, hatte sie ihm daraufhin geantwortet.

»Vor allem, was er nicht will!«, lachte er seiner Mutter zu, nahm seine Schultasche und machte sich auf den Weg.

Der Unterricht hatte schon längst begonnen, als Jonas an der Klassentür klopfte und eintrat. Alle Schüler drehten sich zu ihm und schauten ihn neugierig an. Die Lehrerin unterbrach ihre Rede, wandte sich ihm zu und sagte in ihrem immer freundlichen Ton:

»Du musst Jonas sein. Komm doch bitte herein!«

Dann wurde er seinen Mitschülern vorgestellt, erzählte ein paar Worte über sich und setzte sich auf den für ihn vorbereiteten Platz. Der Unterricht ging weiter und Jonas lauschte aufmerksam den erklärenden Worten der Lehrerin, spürte aber den ein oder anderen prüfenden Blick seiner neuen Mitschüler. Er war trotz seiner stillen, zuweilen introvertierten Wesensart ein äußerst kontaktfreudiger Knirps, der bereits in der ersten Pause zwei nette Jungen und ein ebenso freundliches Mädchen kennenlernte, sich mit ihnen für den Nachmittag verabredete und nach nur wenigen

Wochen zur Gemeinschaft gehörte, als wäre er von Anfang an dabei. Die Ergebnisse seiner ersten Klassenarbeit brachten ihm den Respekt der Lehrer, aber auch seiner Mitschüler ein und zwei der Mädchen baten ihn um Hilfe für die nächste Mathearbeit. Doch es gab auch Neider, die ihm die reibungslose Aufnahme in die Klassengemeinschaft nicht gönnen wollten. Allen voran Karl Hornbacher, Sohn eines Dachdeckermeisters. Ein dämlicher Proll sondergleichen, der seine geistigen Unfähigkeiten und für Jonas offenkundige, charakterliche Unsicherheit hinter lautem Getöse zu verstecken suchte. Ein Titan, der eine kleine Gruppe genauso dumpfer Claqueure um sich scharrte, vor denen er seine vermeintliche Dominanz ausleben konnte und die ihn - wann immer ihm danach war - bewundern mussten.

Karl musste seit einigen Jahren während seiner freien Stunden im elterlichen Betrieb mitarbeiten. Anfangs schleppte er Dachziegel, deckte inzwischen aber auch schon Dächer ein. Dadurch war er allen körperlich weit überlegen. Genau diesen Vorteil nutzte er aus und drohte jedem, der sich nicht fügte. Das machte Eindruck und die Angst seiner Opfer gaben ihm Bestätigung, das für einen solchen Geist wichtige Gefühl, jemand Wichtiges zu sein. Unbewusst wimmerte er nach nichts Weiterem als Anerkennung und - eine Etage tiefer in seiner hilflosen Seele - nach Zuneigung und Liebe. Da er regelmäßig fettes Taschengeld als Lohn für seine Arbeit bezog, trug er die tollsten Klamotten, fuhr immer das neueste Fahrrad und führte die Mädels, die auf diesen Blödspaten abfuhren, gern zu einem Eis oder ins Kino aus. Zum Lernen hatte er jedenfalls keine Zeit und scheiterte praktisch in jeder Unterrichtsstunde. Insgesamt war es erstaunlich, wie er es überhaupt bis in diese Klasse geschafft hatte. Es war diesem dämlichen Großmaul bewusst und ein Dorn im Auge, dass er intellektuell nichts auf der Pfanne hatte, kaum etwas wusste und als Schüler immer wieder versagte. Und nun kam da dieser neue Schüler. Klein, vom leckeren Essen seiner ihn liebenden Mutter etwas rundlich in der Figur, sehr klug, freundlich, sofort von allen anerkannt. Dann auch noch das. Maria, Karls hübsche Freundin, mit der er am nächsten Sonntag ausgehen wollte, sagte ihm ab, da Jonas ihr bei der Vorbereitung der nächsten Geschichtsklausur behilflich sein wollte. Das war zu viel. Das konnte er keinesfalls auf sich sitzen lassen. In der großen Pause fand man Karl zusammen mit seinen unterwürfigen Vasallen zumeist auf dem Klo. Nicht im Blickfeld der Hofaufsicht rauchten sie dort, machten undurchsichtige Geschäfte und schwangen große Reden vom dröhnenden Nichts. Wer aus diesem Kreis herausragte, wie ein Leuchtturm in dunkler Nacht, war vollkommen klar. Dachpappe Hofmeister, wie Karl von jenen genannt wurde, die ihn ablehnten, führte das Zepter. Dann öffnete sich plötzlich die Tür.

»Er kommt!«, tönte es aus dem Mund des Wachpostens vor der Tür.

»Dann wollen wir mal Gas geben!«, gab Karl daraufhin seinen minderbemittelten Speichelleckern zu verstehen, die ihn in Erwartung einer Zigarette unterwürfig anglotzten und um seine Gunst buhlten.

Das waren Situationen, die Karl liebte. Alle richteten ihre Aufmerksamkeit auf ihn. Er war (doch nur in seinen Augen) Karl der Große. Jonas musste mal und betrat das Klo. Es roch nach Qualm, der mit einer auffällig süßlichen Note angereichert war. Sofort spürte er das Schweigen, das durch den vernebelten Raum zog und auch die Blicke, die sich auf ihn richteten. Normalerweise würde sich jeder andere Schüler umdrehen, zur Tür gehen und zusehen, dass er Land gewänne. Nicht aber Jonas. Er war weder kräftig noch besonders mutig. Angst hatte er aber auch nicht, folgte dem Drang seiner Blase und bewegte sich wenig bis überhaupt nicht eingeschüchtert auf das Pinkelbecken zu.

»Das ist mein Becken!«, tönte es aus Karls Mund.

»Sagt wer?«, fragte Jonas.

»Sage ich!«

»Woran erkennt man das?«

»An dem, was ich gerade gesagt habe!«

»Musst Du mal dran schreiben. Deinen Namen bekommst Du doch schon hin, oder?«

Karl wurde daraufhin etwas unsicher, denn er hatte nicht damit gerechnet, dass sich dieser Bengel kaum einfach einschüchtern ließ.

Seine Halbaffen nahmen nun sehr gern die Position neugieriger Voyeure ein und harrten der Dinge, die jetzt kommen sollten. Der Anführer musste nun sein vor aufkommender Verärgerung hochrotes Gesicht wahren und andere, überzeugendere Geschütze auffahren. Er überlegte einige Sekunden, in denen Jonas ungestört sein Geschäft machte. Karl, dessen wenige Möglichkeiten sich weitestgehend auf Pöbelei und von Emotionen gesteuerten Aggressionen beschränkte, griff seinen Mitschüler mit festem Griff von hinten in den Nacken, zerrte ihn in die Raummitte, setzte eine wütende Mine auf und fauchte:

»Wenn ich Dir was sage, dann machst Du das, verstanden? Und wenn ich etwas verbiete, dann lässt Du es. Ist das klar?«

Jonas fühlte sich in diesem schmerzenden Griff wie ein Pelztier in einer Falle und war geradezu bewegungslos. Er brachte zunächst keinen Ton heraus und wurde sogleich mit heftigem Schwung zu Boden gestoßen. Lautes Lachen aus den Mündern der Zuschauer hallte zwischen den gefliesten Wänden und Karl genoss den Moment. Der Gestoßene erhob sich weitestgehend unbeeindruckt, rückte wortlos seine Klamotten zurecht und sagte, indem er sich auf die Tür zubewegte, in bewusst komplizierten Worten:

»Der Rückzug von Geist und Überlegung bedingen den Vormarsch von Blödheit und Aggression!«

Die Worte hallten durch das Pissoir und Jonas blickte in erstaunte, nichts begreifende Gesichter, als er aufrechten Hauptes hinaus an die frische Luft ging. Die Tür hatte sich noch nicht gänzlich geschlossen, als sich der Wachposten erneut meldete:

»Big brother is coming!«

Der Lehrer, die Hofaufsicht. Alles stürmte aus dem Klo und dann bimmelte auch schon die Pausenglocke. Karl hatte sich von seinen Leuten abgesondert und schlich wenig später allein die Treppen zum Klassenzimmer hinauf. Nach und nach kapierte er, was der kleine Dicke ihm vorhin gesagt hatte. Was er unbewusst respektierte, war die Haltung des Jungen. Karl war ihm körperlich vollends überlegen und doch konnte er ihn nicht beeindrucken oder einschüchtern. Er fühlte mehr als dass er dachte und betrachtete sich nicht unbedingt als der Sieger des Konflikts.

Das aber konnte Karl nicht einfach auf sich sitzen lassen. Da musste etwas folgen. Jetzt und sofort. So katapultierte er sich, im Klassenraum angekommen, wieder in seine wenig farbige Welt zurück, ging auf dem Weg zu seinem Platz bei Jonas vorbei, packte ihn noch aggressiver als zuvor an dessen Jacke, riss ihn zu sich hoch und geiferte mit hochrotem Gesicht:

»Das hat Folgen. Das verspreche ich Dir!«

Sagte es und ließ den Jungen auf seinen Stuhl fallen.

»Du Idiot, Du blöder!«, tönte es hinter ihm und es war ausgerechnet Maria, die ihn in bösem Ton anfuhr, zu Jonas ging und sich, zusammen mit einigen anderen Mädchen, rührend um ihn kümmerte. Karl erntete noch ein paar unfreundliche Kommentare und fühlte ein weiteres Mal den bitteren Geschmack der Niederlage. Und das in so kurzer Zeit ausgerechnet in Anwesenheit seiner Freundin, vor der er sich doch hatte produzieren wollen. Doch es kam noch schlimmer. Maria hatte sich so sehr über sein Verhalten geärgert, dass sie nach Schulschluss auf ihrem Heimweg nicht umhinkam, ihn anzusprechen.

»Das war das Allerletzte, was Du da angestellt hast. Jonas hatte Dir überhaupt nichts getan. Wie auch. Er ist längst nicht so stark wie Du!«

Karl vermutete zurecht, dass sie von dem Vorfall in der Pause keine Ahnung hatte. *Zum Glück*, dachte er sich, was ihm aber nicht wirklich weiter half, denn Maria hatte schon länger die Nase voll von ihm, seinem großspurigen Gehabe, den vielen Eskapaden mit anderen Mädchen und zog jetzt die Reißleine.

»Ich denke, dass es besser ist, wenn wir uns nicht mehr treffen«, sagte sie zuletzt und ließ ihn stehen.

Hilflos, mit hängenden Schultern und traurigen Augen blieb Karl zurück, schaute dem Mädchen nach und sah sich unerwartet einer Situation ausgesetzt, mit der er noch nie klargekommen und auch künftig nicht zurechtkommen würde. Verletzte Emotionen, gekränkte Eitelkeit. Einem Adonis für Arme wie ihn waren Konflikte dieser Art einfach nicht greifbar. Damit musste er ganz allein umgehen und das war nicht wirklich sein Ding. Hier hatte er keine Showbühne, konnte er sich nicht unter die einzige leuchtende

Lampe stellen, gab es auch keine unterwürfigen, ihn bewundernden Steigbügelhalter, von denen er ohnehin nichts hätte erwarten können. Ein wirklicher Freund wäre gut gewesen. Das jedenfalls empfand er, als er des Abends traurig in seinem Bett lag. Er mochte Maria, doch jetzt hatte er sie verloren. Das war nun der dritte Tritt dieses Tages, den er einzustecken hatte. Karl begriff einfach nicht, dass er selbst und ganz allein dafür verantwortlich war. Auf seiner Suche, wem der das alles zu verdanken hatte, kam natürlich nur einer infrage. Folgerichtig baute er innerlich eine Front gegen den neuen Schulkameraden auf und schob ihm alles in die Schuhe. Im Sinne dieses Bildes begegnete er dem Jungen auch in der nächsten Zeit. Allerdings sollte Karl einige Wochen später erfahren, wie sehr er sich im Unrecht befand, wie falsch er sich verhielt, wie unrecht sein schräges Weltbild war.

Ein neuer Tag bringt neues Glück. Karl erwachte aus unruhigem, wenig erholsamen Schlaf, schlüpfte in das Fell einer verwundeten Raubkatze, richtete sein geistiges Visier auf seinen neu erklärten Erzfeind und machte sich auf in die Schule. Um nicht wieder in den Fokus der allgemeinen Aufmerksamkeit zu geraten, sprach er Jonas fortan nur noch an, wenn er in seinem vertrauten Kreis unterwegs war. Da gab es in der Schule genug Möglichkeiten. Immer wieder packte er den Jungen, zog ihn in irgendeine Ecke und drohte ihm, ohne wirklich einmal zuzuschlagen. Er beabsichtigte, ihn lediglich in Angst zu versetzen, um seine eigene Überlegenheit in vollen Zügen zu genießen. Das gelang ihm auch und Worte wie *Du Schwachmat, Blödmann, Schwachkopf, hässlicher Vogel* und Ähnlichem verfehlten ihre Wirkung nicht, denn der sensible Jonas fühlte sich zusehends unsicherer, hatte Angst, zur Schule zu gehen. Allerdings zeigte er Karl gegenüber niemals eine Schwäche, ließ diese Attacken über sich ergehen und versuchte, seinen Kummer mit sich selbst auszumachen. Eines Tages, die Klasse hatte Sport, konnte Karl sich nicht zurückhalten. Dass dieser Rotzlöffel Jonas niemals zu heulen begann, wenn er ihn anging, ärgerte ihn zu sehr. Karl sah immer zu, dass er beim Fußball ausschließlich gegen den Schlaumichel spielte, nicht in dessen Mannschaft auflief. Als die zwei während des Spiels aufeinandertrafen und *Karl der Große* vom flinken Musterschüler getunnelt und ausgespielt wurde, das Gleichgewicht verlor und zu Boden ging, gab es kein Halten mehr. Er sprang auf, rannte hinter seinem Gegner her, trat ihm von hinten heftig in die Beine und fällte ihn um wie einen Baum. Jonas blieb mit schmerzverzerrtem Gesicht liegen und hielt sich das linke Knie. Nachdem er sich Minuten später erholt hatte, beendete der Sportlehrer den Unterricht.

Karl sah man nachmittags in seinem Zimmer schwitzen. Er saß vor einem zehnseitigen Aufsatz mit dem Thema *Fairness und Freundschaft*. Abgabetermin am nächsten Tag beim Schulrektor, der dieses zu erwartende Pamphlet bewerten würde. Sollte die Note mäßiger als *befriedigend* ausfallen, gäbe es ein Folgethema für den übernächsten Tag.

»Dieses Spiel wird erst dann abgepfiffen, bis eine Deiner fragwürdigen Schriften eine annehmbare Benotung erfahren!«, versprach ihm der Sportlehrer und ließ keinen Zweifel am Ernst seiner Worte aufkommen.

Jonas hatte nach dem Umzug in diese Stadt seine Neigung, allein durch die Natur zu wandern, wieder aufgenommen. Anfangs machte er sich mit dem Fahrrad auf, um seine neue Heimat zu erkunden und radelte eines schönen Tages durch die Auen, die den an der südlichen Stadtgrenze träge dahingleitenden Fluss säumten. Eine wunderbare und einsame Gegend, die in jeden Fantasyroman passte. Weitläufige, mit halbhohem Gras bewachsene Wiesen, die an diesem Morgen von Nebelschleiern eingedeckt wurden. Vereinzelt kleine Baumreihen, deren Blätter langsam ein frühherbstliches Farbenspiel boten. Gerade in diesen Wochen, in denen sich der Sommer dem Herbst zuneigte, zeigte sich dieses Fleckchen Erde fast täglich in einem anderen Gewand. Fortan sah man den Jungen hier immer häufiger, wie er auch zu Fuß unterwegs war, die Gegend näher erkundete, die Tiere beobachtete und seinen Träumen nachhing. Wochen später, es war ein nasskalter, grauer Tag, als Jonas an einer alten Fischerhütte vorbeikam und Stimmen aus dem Inneren vernahm. Das war ungewöhnlich, denn so oft er den Weg an diesem heruntergekommenen Verschlag gegangen war, schien es so, als hätte man ihn schon seit langer Zeit seinem Verfall ausgesetzt. An besagtem Tag aber war alles anders. Jonas hörte Männerstimmen, die sich heftig zu streiten schienen. Er war noch zu weit entfernt, als dass er etwas hätte verstehen können. Im Grunde genommen interessierte ihn das auch nicht weiter. *Wer weiß, was da drinnen los ist. Es geht Dich nichts an. Sieh also zu, dass Du hier verschwindest,* ging es ihm durch den Kopf. Als er unmittelbar vor der Eingangstür vorbeikam, hörte er einen der Streithähne deutlicher:

»Wann also bekomme ich mein Geld? Das ist jetzt Deine letzte Chance!«

»Ich habe keine Kohle. Aber auch, wenn ich sie hätte, würde ich Dir nichts geben, Du Idiot!«, sagte der Gemeinte.

Anschließend schien der Ton rauer zu werden. Andere Stimmen gifteten einander an und Jonas schätzte, dass vielleicht fünf bis sechs Männer da drinnen sein mochten.

»Gib ihm endlich was an den Kiefer«, stänkerte einer und ein anderer bestätigte diese Forderung:

»Der hält uns seit Wochen hin. Irgendwann ist es gut!«

Dann wurde es laut. Zunächst waren die krachenden Geräusche umstürzenden Mobiliars zu hören, und dann schien es zu Handgreiflichkeiten zu kommen. Irgendjemand stürzte und schrie vor Schmerz.

»Ihr Schweine. Zusammen macht Ihr einen auf dicke Hose. Aber ich fische jeden von Euch ab, wenn Ihr mir allein über Weg lauft, das verspreche ich!«

Dann setzte es offensichtlich wieder Prügel, bis plötzlich die Eingangstür aufgerissen wurde. Jonas, der die Hütte gerade passiert hatte, wollte damit nichts zu tun haben. Also sprang er kurzerhand hinter einen Busch, hockte sich hin, gab keinen Laut von sich und beobachtete, was sich vor der Hütte abspielte. Tatsächlich kamen fünf etwa zwanzigjährige Jungs hinter dem Flüchtenden her, der ins Stolpern geriet und stürzte. Noch am Boden liegend, traten zwei seiner Verfolger auf ihn ein und Jonas beobachtete, wie das Opfer plötzlich reglos da lag, sich nicht mehr wehrte, nichts mehr von sich gab. Seine Peiniger erstarren.

»Der sagt nichts mehr. Was machen wir jetzt?«

»Wir sollten ihn etwas abkühlen. Los, wir baden ihn im Fluss!«

»Aber vielleicht ist er schwerer verletzt?«, sagte einer.

»Ach, das ist Quatsch. Der ist nur kurz weggetreten. Los, her mit ihm!«

Alle packten zu und Jonas erschrak, als er sah, wer dort zusammengeschlagen im Dreck lag. Es war Karl in seiner ganzen Pracht und Schönheit. *Klar, gleich und gleich gesellt sich gern. Gut, er ist selbst auch ein Stinkstiefel, aber so weit darf es nicht gehen. Das hat niemand verdient,* dachte er sich und sah, wie Karl mit den Füßen voran in den Fluss gelegt wurde. Seine Kumpane hatten wohl nicht wirklich beabsichtigt, den Jungen ganz ins Wasser zu legen, sondern nur im Sinn gehabt, ihn wach zu bekommen. Irgendwas aber ging schief. Vermutlich waren diese Idioten zu besoffen und haben aus diesem Grund nicht aufgepasst. Jedenfalls rutschte der Wehrlose die glitschige Böschung hinunter und verschwand im Wasser. Die nicht zu unterschätzende Strömung des Flusses hatte wohl niemand im benebelten Auge gehabt. Als ihr Opfer nicht mehr auftauchte, gerieten sie unversehens in echte Panik. Nun wurden sie munter, erkannten, was hier vorging, was sie angerichtet hatten.

»Der ersäuft. Los, wir müssen ihn herausholen!«

»Dazu muss man ihn erst einmal finden, Du Blödmann!«

So rannten Sie wie von einer Tarantel gestochen herum. Aufgrund alkoholbedingter Planlosigkeit liefen sie am Ufer entlang und verloren sehr bald den Überblick. Dann gaben sie auf.

»Der ist weg. Den finden wir nicht mehr!«

»Und Jetzt?«, fragte einer.

»Abhauen!«

»Das geht nicht. Wir müssen Hilfe holen!«

»Das dauert zu lang. Den findet niemand mehr, aber die wissen dann, wer das verbockt hat. Willst Du vielleicht in den Knast?«

Eine kleine Pause trat ein. Und dann:

»Wir machen uns dünne. Keiner verliert einen Ton darüber. Wir treffen uns am Abend und bereden das weitere Vorgehen!«

Als die Schläger verschwunden waren, stürzte Jonas aus seinem Gebüsch und rannte flussabwärts. Er wusste, dass in einiger Entfernung ein umgestürzter großer Baum mit seiner mächtigen Krone im Wasser lag. Mit etwas Glück war Karl dorthin abgetrieben. Jonas nahm viel Risiko auf sich, als er sich auf dem nassen, rutschigen Stamm über dem Fluss balancierte. Das aber nahm er für sich nicht wahr. Es galt jetzt, einen Menschen vor dem Ertrinken zu retten. Alles andere war bedeutungslos. Er schaute intensiv in das Wasser, suchte an allen möglichen Stellen, griff in die trübe Flut und wollte gerade aufgeben, als zwischen zwei dicken Ästen eine Hand auftauchte und nach Halt suchte. Jonas packte, als der Arm wieder im Wasser verschwand, in das recht kalte Nass, griff fest zu und zog Karl an die Oberfläche. Dieser hustete laut röchelnd, kämpfte um Atemluft, war aber nicht in der Lage, sich selbst zu retten. Dann verharrte er, um Kraft zu sammeln. So verging etwa eine Minute, als er sich zu orientieren versuchte und blickte zunächst erstaunt, dann aber mit dankbarem Blick in Jonas Augen, denn er wusste, dass er sich ohne dessen Hilfe nicht aus seiner Situation hätte befreien können und ganz sicher ertrunken wäre.

»Du, hier?«

»Ja, ich hier!«

»Woher weißt Du..... ?«

»Ich weiß gar nichts. Bin zufällig hier vorbeigekommen!«

Die zwei sahen sich in die Augen. Karl bewegte sich kaum und schwieg. Jonas erkannte, was sich im Kopf seines Mitschülers tat. Dann war er es, der die Stille unterbrach und sagte:

»Karl der Große mal ganz klein.«

Erneut eine Unterbrechung. Jetzt streckte Jonas seinen Arm aus und sagte:

»Gib mir Deine Hand, ich kann Dir helfen!«

Der Richter

Da saß Amtsrichter Dr. Theodor van Hayden nun wie so oft in diesem immer gleichen farblosen Gerichtssaal, hatte zum letzten Mal seinen schwarzen Talar angezogen, ein paar dicke Akten vor sich auf dem schmucklosen Richtertisch deponiert und würde in wenigen Minuten seine allerletzte Sitzung eröffnen. Er konnte es nicht mehr zählen, wie oft er in seinen langen Jahren als Richter den Vorsitz innehatte, wie viele Urteile er verkündete oder wie oft gewisse lichtscheue Strategen aus diesem Saal direkt in den Knast wanderten. Im Grunde spielte das auch keine Rolle. Wichtig war seiner Ansicht nach nur, dass er sich immer die größte Mühe gab und äußerste Sorgfalt an den Tag legte, um ein gerechtes Urteil zu finden. Heute würde das gesamte Prozedere letztmalig ablaufen, denn am Ende dieses Tages war nun endlich Schluss, wartete die lang ersehnte Pension auf ihn. Er hatte diesen Job immer mit Herzblut ausgeübt, gestand sich aber am Ende dieser vielen Jahre ein, dass auch der stärkste Charakter irgendwann an seine natürlichen Grenzen stieß, und genau dieser Punkt war nun erreicht. Endlich keine blutigen Schlägereien, Einbrüche oder Sachbeschädigungen und ähnlichem mehr. Zur Vorbereitung einer solchen Verhandlung brauchte er nicht einmal mehr das

Strafgesetzbuch oder die Strafprozessordnung öffnen, denn das alles kannte er inzwischen in- und auswendig. Kein Rechtsanwalt wagte es in van Haydens Sitzungen, ihm die ganz eigene, auf seinen jeweiligen Mandanten speziell zugeschnittene Auslegung einer bestimmten Strafvorschrift unterzujubeln, um seinen Geldgeber aus der Patsche zu hauen. Der sonst so friedliche Richter fuhr regelmäßig in solchen Momenten aus der Haut und ließ für alle Verfahrensbeteiligten keinen Zweifel daran aufkommen, wer hier der alleinige Platzhirsch, der Chef im Ring war.

So saß er also zu Beginn seines letzten Arbeitstages auf seinem bequemen Ledersessel, studierte die Szenerie um sich herum und bemerkte, dass alle auch ihn beobachteten. Davon ließ er sich aber nicht aus der Ruhe bringen, lehnte sich zurück und blickte hinüber zum Staatsanwalt. *Ein junger, sehr strebsamer Mann, der ganz sicher seinen Weg machen würde*, dachte er für sich. Er mochte ihn ob seiner immer perfekten Vorbereitung, sattelfesten Rechtskenntnis und äußerst geschliffenen Rhetorik, der dem Richter in geradezu jeder Verhandlung die Arbeit erleichterte. Er setzte van Hayden vor jedem Prozess über seine Strategie und das mögliche Maß seiner Urteilsforderung in Kenntnis. Zu gern folgte der Richter dessen Anträgen, um dem jungen Kerl zu beweisen, was er von ihm hielt. Dann waren da die Beisitzer. Sie kannte er seit vielen Jahren, war mit einigen von ihnen eng befreundet und würde sie sehr bald nur noch des Abends zum Kartenspiel und auf das ein oder andere

frisch gezapfte Bier treffen. Einen Moment folgte er diesem
wärmenden Gedanken, diesem schönen und entspannten Bild, das
in Zeitlupe vor seinem geistigen Auge vorbei zog. War es noch vor
Monaten nicht ganz leicht, sich mit dem Ende des Arbeitslebens
auseinanderzusetzen, freute er sich inzwischen aus tiefstem Herzen
auf ruhig dahinfließende Jahre, die er an der Seite seiner Frau mit
seinen vielfältigen Interessen füllen konnte. Doch noch war es nicht
soweit. Diese eine Verhandlung stand als letzte Hürde zwischen
ihm und dem Meer der Ruhe. Mit dieser Erkenntnis riss er sich
dann auch aus seiner Tagträumerei und schaute hinüber zu jenen,
die sich im wohligen Wissen, auf den Publikumsplätzen dem
Geschehen sehr nahe, doch für die Gerichtsbarkeit unerreichbar zu
sein, mit Hingabe an den Problemen und Fehltritten anderer
ergötzten. Theodor mochte diese Menschen nicht, denn wenn er
viele seiner Kunden betrachtete, waren sie sehr häufig ohne eigenes
Zutun auf die schiefe Bahn geraten. Es hatte ihm oft leidgetan, dass
er sie trotz allem verurteilen musste. Allerdings gab es ja für ihn als
Richter Ermessensspielräume, die er dann und wann für die
Gestrandeten zuweilen entsprechend großzügig auslegte, um ihnen
nicht sofort alles verbauen und die Rückkehr auf den rechten Weg
zu ermöglichen. Missmutig warf er einen drohenden Blick in die
Zuschauerränge, sodass diese neugierige Horde aus ihrem Gefühl
vermeintlicher Sicherheit gerissen, aufgeschreckt und wirksam
eingeschüchtert wurde. Niemand von ihnen würde es wagen,

während der Verhandlung auch nur einen Pieps, geschweige denn, irgendwelche Beifallskundgebungen von sich zu geben. Es hatte sich herumgesprochen, dass *Papa Gnädig,* wie Theodor van Hayden ob seiner Nachsichtigkeit im Volksmund gern genannt wurde, auch so ganz anders sein konnte. Wer ihn unterschätzte, lernte zu gegebenem Anlass die mit enormen Wissen angereicherte Routine, seine ungebrochen Energie, unwiderstehliche Durchsetzungskraft und seinen blitzgescheiten Kopf kennen. Genau das wusste der Angeklagte dieses Tages nur zu genau. Enno, der kleine Stricher von St. Georg, war Stammkunde bei Dr. van Hayden und hatte längst des Richters Sinneswandel erfahren. Ihm war klar, dass er immer wieder auf die gerichtliche Gutmütigkeit gebaut und sie jedes Mal schamlos für sich ausgenutzt, sich aber trotzdem nicht zum Besseren geändert hatte. Im gelang es einfach nicht, seiner Einsicht zu folgen und er war im Laufe der Zeit vom kleinen Dieb zum Drogendealer und Messerstecher mutiert. Und an dieser Stelle kannte der Richter kein Pardon mehr. Aus diesem Grunde trafen ihn Dr. van Haydens Blicke wie des missgelaunten Sensemanns scharfe Klinge und lösten einen kalten Schauer aus, der ihm von diesem Moment an während des gesamten Vormittags den Rücken rauf und runter lief. Dass dieser Tag nichts Gutes für ihn bringen würde, war ihm spätestens in diesen Sekunden mehr als bewusst. In seiner Not vertraute er auf seinen Rechtsanwalt, der ihm den Kopf noch einmal aus der Schlinge ziehen würde. Doch auch der hatte seine liebe Not, etwas Gescheites erreichen zu können. Er war der Staranwalt der Hamburger Zuhälter- und Stricherszene und würde gehöriges Unbill Erfahren, wenn er einen seiner Mandanten aus diesem schillernden Mikrokosmos nicht rauszuhauen in der Lage war. Für diese Leute musste ein Anwalt so etwas können. Natürlich hatte er genügend schräge Winkelzüge auf Tasche, um vor anderen Richtern ein mildes Urteil zu erwirken. Das würde ihm aber bei Theodor van Hayden keinesfalls gelingen. Der kannte seine Pappenheimer unter den Rechtsverdrehern und würde von dem Star des Anwaltes nichts übrig lassen, vielmehr runterputzen, dass er als Kasper in der Augsburger Puppenkiste auftreten könnte, sobald er hier seine Spiegelfechtereien beginnen und rechtliche Fallstricke auslegen würde. Die verzwickte Situation wurde zusätzlich verschärft, weil er der einzige im Saal war, der nur für seine Erfolge bezahlt wurde. Alle anderen waren Staatsdiener und nur er musste, auf welchem Weg auch immer, etwas zustande bringen, wenn er auch weiterhin seine Heizkostenrechnungen bezahlen wollte. So saßen beide, der Advokat und sein gar nicht so armer Sünder, in kümmerlicher Haltung auf der Anklagebank und fühlten geradezu, was der dominante Beachmaster van Hyden über sie dachte, als seine alles durchbohrenden Augen auf ihnen ruhten und sein Gesicht keinerlei Regung zeigte.

Man gut, dass wir heute keine Gutachter haben, ging es Theodor sich selbst beruhigend durch den Kopf und erinnerte sich an so viele Vertreter dieser seltsamen Spezies, die ihn immer wieder mit niemals enden wollenden Fachmonologen gelangweilt und zugedröhnt hatten. Zuletzt und bevor er die Sitzung endlich eröffnete, verlor er noch ein paar Gedanken an die wichtigsten Akteure eines Prozesses. Jene, die das Ganze überhaupt nichts anging, die aber enorm wichtig für eine richtige Urteilsfindung waren. Die Rede ist von den Zeugen. Als der Richter noch einen Gang über den Flur einschlug, bevor er den Gerichtssaal betrat, hatte er diese Meute schon gesehen. Alle standen in einer Gruppe zusammen, tuschelten und tratschten miteinander, tauschten Informationen aus und verlautbarten, was sie zur fraglichen Angelegenheit zu sagen hatten. Wer sich als stiller Beobachter zu ihnen gesellte, würde sehr schnell erkennen, dass es sehr unterschiedliche Arten dieser Gattung gab, von der ein jeder etwas anderes zum Vorfall beobachtet hatte.

Da war zum Beispiel der wichtige Zeuge. Nicht, dass er vielleicht wichtig für die Verhandlung wäre. Nein, er selbst hielt sich für unersetzlich. Er wäre in solch einer Truppe der Rädelsführer, würde den ihm zuhörenden Vasallen seine oft von eigenen Betrachtungen eingefärbten Beobachtungen so erzählen, als wären sie der Weisheit letzter Schluss, ohne die kein Richter zu einem fairen Urteil kommen konnte. Vermutlich waren seine Familie, seine Arbeitskollegen und Freunde schon vor Wochen mit seinem Wissen traktiert, aber auch die schriftliche Ladung des Gerichts eingerahmt und im Eingangsbereich seiner Wohnung für alle eintretenden Gäste gut sichtbar aufgehängt worden. Mit dieser selbstbewussten, lauten Selbstdarstellung brachte er die Welt eines ganz anderen Gruppenmitgliedes gehörig ins Wanken. Die Rede ist vom ängstlichen und schüchternen Zeugen. Dieses Wesen hatte schon genug mit seinem eigenen Leben zu tun. Sehr nachdenklich und introvertiert versucht er ständig, jedwedes Problem schon im Voraus zu erkennen, um ihm rechtzeitig auszuweichen. Menschen dieser Art kamen nur schwer damit zurecht, jemand anderem unbeabsichtigt falsch zu begegnen und damit dessen Unmut hervorzurufen. Und nun das. Der Zufall hatte es so gewollt, dass er zur falschen Zeit am falschen Ort vorbeigekommen war und die Ereignisse, die jetzt zur Verhandlung anstanden, genauestens beobachtet hatte. Seinerzeit kamen am Ereignisort zwei uniformierte Polizisten auf ihn zu und stellten Fragen zum Sachverhalt. *Zwei gegen einen. Wenn das nicht unfair war,* mochte er in diesem Moment gedacht haben. Spätestens, seit vor einigen Tagen die gerichtliche Zeugenvorladung eingetrudelt war, konnte er keine Nacht mehr ruhig schlafen und wollte dem Herren mit Extragebeten danken, wenn man unbeschadet den Gerichtssaal wieder verlassen würde.

Das Gegenteil eines solchen Wesens wäre der unaufhörlich quasselnde Zeuge. Für jeden Verantwortlichen bei Gericht war dieser Typ der unbedingte Graus, denn er suchte permanent sein

Publikum und solch ein voll besetzter Saal war genau das Richtige. Zu jeder Phase seiner Wahrnehmungen wusste er zumindest eine weitere Geschichte aus seinem eigenen Leben, dass dann intensiv und komplex in aller Öffentlichkeit verbreitet werden musste. Fragte ihn der Richter danach, ob er genau gesehen hatte, wie der Angeklagte auf sein Opfer einschlug, fand sich die Gemeinde der Zuhörer wenig später bei des Zeugen Geschichten über die Zahnschmerzen seiner Gattin wieder, um von hier aus den direkten Weg nach Stalingrad und dem Schicksal seines dort im Krieg gefallenen Opas zu erfahren. Die Beantwortung des Richters eigentlicher Frage war dann häufig eine extrem anstrengende und zeitraubende Angelegenheit. Damit unterschied sich dieser Typ diametral vom schweigenden Zeugen, dem jede Silbe förmlich aus dem Mund gepopelt werden musste, nachdem man ihm die Frage mehrfach gestellt hatte.

Theodor van Hayden kannte noch eine ganze Reihe weiterer Ausprägungen. Da wären zum Beispiel der Knallzeuge, der Kronzeuge, der modebewusste Zeuge und so einiges mehr. Am liebsten mochte er aber die wirklichen Zeugen. Das sind jene Menschen, die sich ihre genauen Beobachtungen merkten, zu Hause notierten, sich auf den Gerichtsfluren an keiner Diskussion beteiligten, während der Verhandlung klipp und klar sagten, was sie noch in Erinnerung hatten und was sie nicht mehr wussten. Die

Rede ist von den Zeugen, die die reine Wahrheit und nichts als die Wahrheit sagten. Doch die hatte Theodor van Hayden viel zu selten vor sich.

Der Zahn geht jetzt auf Reisen

Der Weg zum Zahnarzt ist für mich in diesen Jahren keine schlimme Angelegenheit mehr. Ganz im Gegenteil. Es ist inzwischen geradezu schön, wenn ich die sehr angenehm wirkenden Räume der Praxis betrete. Die hellen, freundlichen Farben und die Sauberkeit fällt mir jedes Mal sofort auf. Überall hängen mit Bedacht ausgesuchte, farbenfrohe Bilder an der Wand, an denen ich nicht vorbei gehen kann, ohne immer wieder einen genauen Blick darauf zu werfen, obwohl ich sie längst kenne. Die Helferinnen und Frau Doktor selbst begegnen mir bei jedem meiner Besuche mit sehr viel Aufmerksamkeit und zuvorkommender Freundlichkeit. Bis es *meiner* Zahnfee endlich möglich ist, meine Zähne mit viel Sorgfalt und Vorsicht zu reinigen, gibt es - da wir uns nicht sehr oft sehen - immer eine Menge zu erzählen und solange Frau Doktor nicht mit einem Skalpell oder einer Spritze um die Ecke kommt, will ich auch künftig gern dorthin gehen. Ich kann natürlich jene verstehen, die große Angst und Panik haben, zum Zahnarzt zu gehen. Bei mir ist das völlig anders. Ich gehe sehr gern durch unser Dorf in die kleine, aber sehr feine Praxis und freue mich immer wieder auf eine recht unterhaltsame Stunde. Das aber war in meinem Leben nicht immer so. Ich bin ein gutes Jahrzehnt nach dem zweiten Weltkrieg geboren und der Besuch beim Zahnklempner, wie meine Freunde und ich die damaligen Dentisten nannten und vor denen wir richtig Schiss hatten, war, wenn ich an die Zeit zurückdenke, ein geradezu mittelalterlich anmutendes Unterfangen. Eigentlich brauchte ich mit meinen nach und nach herausfallenden Milchzähnen gar nicht zum Zahnarzt. Wenn die Dinger wackelten, machte ich ihnen eigenhändig den Garaus, indem ich solange daran herumpruckelte, bis sie sich endlich aus dem Zahnfleisch lösten. Manchmal zwiebelte es ganz schön, aber geheult habe ich deswegen nie, denn wir Jungs waren alle Indianer und die kennen bekanntlich keinen Schmerz. Ich erinnere mich allerdings noch heute daran, dass sich einer meiner Zähne partout nicht von mir ziehen lassen wollte. Weil ich mit meinen damals nicht immer ordentlich gewaschenen Fingern am wunden Kiefer hantierte, entzündete sich der ganze Kram und tat dann doch ordentlich weh. An dieser Stelle möchte ich erwähnen, dass ich noch ein recht kleiner Indianer war und die fühlten dann doch, wenn es richtig doll weh tat. Eine ganze Nacht konnte ich nicht schlafen und meine Mutter sagte, dass es an der Zeit sei, zum Zahnarzt zu gehen. Nun war ich aber als kleiner Indianer doch wiederum so groß, dass mich niemand dahin bringen musste. Meinen Vater hätte ich gerade noch akzeptiert, denn dann wären wir mit seinem VW Käfer gefahren und dass war damals für uns Kinder eine echte Sensation. Keinesfalls aber hätte mich meine Mutter, oder noch schlimmer, meine Schwester begleiten dürfen.

Wie hätte das wohl vor meinen Freunden ausgesehen. Nein, das ging überhaupt nicht, denn ich war ja ein Indianer, aber das hatte ich bereits erwähnt. Zu Hause bleiben gab es trotz schlafloser Nacht auf keinen Fall. Da waren meine Eltern rigoros. Nach dem Zahnarzt musste ich also auf jeden Fall zur Schule. Das war für sie wichtig, da später einmal etwas Anständiges aus mir werden sollte. Ich hatte mir aber überlegt, die Schmerzen zumindest mit Worten ordentlich anwachsen zu lassen, damit ich gegebenenfalls doch noch die Penne schwänzen und nach der Behandlung direkt den Heimweg einschlagen konnte. Ich würde ja sehen, wie sich das alles anfühlte, und dann könnte ich immer noch den Drückeberger geben. Als ich also aus dem Haus ging und loszockelte, traf ich vor den noch geschlossenen Ladentüren des Kaufmanns meine Freunde Delle und Fuzzi. Beiden erzählte ich von meinen Schmerzen und dass ich auf dem Weg bin, mir den blöden Zahn ziehen zu lassen, was mir unvermittelt und selbstverständlich deren aufrechte Bewunderung einbrachte. Allein dafür hatte sich die schlaflose Nacht bereits gelohnt. So viel wussten auch sie schon in ihrem jungen Leben. Zahnarzt war immer mit bohren, mit spitzen Werkzeugen im empfindlichen Zahnfleisch herumstechen und Zähne ziehen verbunden. Das wollte niemand wirklich. Ich aber wusste, dass man mir dort helfen und mir den Schmerz nehmen würde, auch wenn es einen Moment zwicken würde. Ich wollte dieses böse Ziehen im linken Unterkiefer einfach nur loswerden. Egal wie, nur musste es bald sein. Es war meine klare Haltung, aber auch mein Mut, der die Zwei zum Staunen brachte und ich überlegte, später doch noch in den Unterricht zu gehen, denn die Bewunderung meiner anderen Mitschüler wollte ich mir natürlich nicht entgehen lassen. Jedenfalls brachen Delle und Fuzzi ihren Schulweg nicht ganz uneigennützig ab, begleiteten mich zur Schlacht, wie sie sagten, und wollten dem Lehrer später ihr Zuspätkommen so erklären, dass sie mich auf meinem schmerzhaften Weg unterstützen mussten. Das aber würde er ihnen sowieso nicht glauben, denn der Pauker kannte seine Rabauken nur zu gut und diese zwei führten des Lehrers nicht unbedingt geheime Favoritenliste mit deutlichem Abstand an. Daran dachte aber niemand mehr, als wir nach einiger Zeit ins Wartezimmer traten und das war, als stolperten wir in eine Geisterbahn. Nicht im Entferntesten mit Frau Doktors Praxis zu vergleichen, von der ich zuvor erzählte.

Uns erwartete ein Raum mit vollkommen deprimierender Atmosphäre, den man sicherlich vor dem Krieg letztmalig renoviert hatte. Düstere, vergilbte Tapeten, die Vorhänge verbreiteten diffuses Licht, das in wenigen Strahlen durch die sehr kleinen Hinterhoffenster ins Innere des Raumes drang. Das Mobiliar war steinalt, wenig gepflegt und die hässlichen Bilder an der Wand hätten glatt in die besagte Geisterbahn auf dem Jahrmarkt gepasst. Ein brüllender Hirsch auf einer Waldlichtung, ein Dreimaster auf hoher See und ein sehr banal dargestelltes Alpenpanorama. Diese abscheulichen Farbschmierereien, wie ich sie für mich betitelte, passten allerdings wie die Faust aufs Auge in dieses erschütternde Wartezimmer.

Nur zum besseren Verständnis sei erwähnt, dass wir uns mit dieser Geschichte in den frühen sechziger Jahren des vergangenen Jahrhunderts befinden. Eine Zeit, in der die Menschen unseres Landes vornehmlich damit beschäftigt waren, die schwer auf den Schultern lastende Schuld der noch nicht sehr weit entfernten, dunkeln Jahre zu bewältigen. Ganz egal, ob sie etwas gewusst hatten oder (wie fast alle) nicht. Es war für mich eine traurige Zeit. In unserer Kindheit sahen wir vor allem in den Städten noch viele Ruinen die auf mich wirkten, als wollten sie das Mut machende Bild des auflebenden Wirtschaftswunders optisch infrage stellten. Wahr ist, dass erst in den späten Siebziger Jahren die letzten Narben des Krieges in unserer Stadt verschwanden. Für mich, der von seinem Vater und Großvätern viele Kriegsgeschichten anhören musste, waren die kaputten Mauern und Häuser Mahnung. Sie zeigten mir, wie schlimm es im Leben sein kann, denn über zerbombte Städte hatte mein Vater häufig erzählt. Während meiner Schulzeit gehörte es zum gewohnten Straßenbild, dass viele Männer aufgrund eines fehlenden Beins oder Arms überall unterwegs waren. Mein Großvater väterlicherseits hat mir oft von Stalingrad und ähnlich schlimmen Orten erzählt. Verstehen und mir bildlich vorstellen konnte ich das aber nicht. Diese grausamen Schilderungen haben mir damals schon mächtig Angst gemacht, die sich bis heute in mir hält. Seitdem verachte ich jegliche Gewalt, bin ein Pazifist aus tiefstem Herzen, ein Philanthrop, der das Schöne in der Welt sucht und es mit anderen teilen möchte. Kriege, soweit meine aufrichtige Überzeugung, kann man nur dazu benutzen, um sie verteufeln. Leider aber sehen das nicht alle Menschen auf unserem Planeten so.

Vor dem Hintergrund der überwundenen schwierigen Zeit war die gesellschaftliche Bedeutung eines düsteren Wartezimmers aber eher bedeutungslos. Jedoch nicht für Delle, Fuzzi und mich. Als wir nämlich sekundenlang verloren in diesem Raum standen, sahen wir uns schweigend an und dachten alle das Gleiche. Kehrtmarsch und bloß raus hier. Doch noch bevor unser stummes Zwiegespräch sein Ende fand, hielt ich mir die Wange, spürte erneut den fiesen Schmerz, sah mit leidendem Indianerblick zu meinen Freunden, und so fiel dann auch die Entscheidung, doch besser zu bleiben. Sogleich saßen wir auf hartem Gestühl in einer Ecke und schauten in die Gesichter der wartenden Patienten. Alle Plätze waren besetzt, der Raum proppenvoll und die Luft aufgrund geschlossener Fenster sehr stickig. Aus meiner Sicht waren wir ausschließlich von uralten, in Gesicht und Kleidung farblosen Menschen umgeben, die einerseits in sich gekehrt auf den Boden unter ihren Füßen starrten, sich andererseits aber munter miteinander unterhielten.

Zu allem Übel des Vormittags wartete auch der blöde Lauke auf seine Behandlung. Er war der Hausmeister unserer Schule und Feind aller Kinder. In den Pausen sah man ihn häufig in seinem zum Gesichtsausdruck passenden, grauen Kittel über den Schulhof schleichen, um vor allem die Toiletten zu inspizieren. Das tat er nicht ohne Grund, denn es waren damals unsere Hotspots, wie die heutige Jugend sagen würde. Dort trieben wir unser Unwesen und wenn ich *wir* sage, meine ich auch mich. Ich gebe heute gern zu, dass schon damals eine gewisse Frechheit in mir lebte. Lauke jedenfalls erwischte uns regelmäßig bei dem ein oder anderen Schabernack, was erst mal nichts machte, denn so war das Spiel. Manchmal gewinnt man und dann wieder nicht. Im letzteren Fall gab es vom Hausmeister was hinter die Ohren. Soweit, so gut. Unverzeihlich aber war seine elendige Petzerei, denn er vergaß es nie, uns nach seinen Ohrfeigen auch noch beim Rektor anzuschwärzen. Das hatte nämlich in aller Regelmäßigkeit zu Folge, dass es zusätzlich noch eine Strafarbeit gab. Nun denn. Jetzt saß er auf seinem Schemel und ich wünschte ihm noch heftigere Schmerzen, als ich sie hatte. Lauke hatte mich noch nicht bemerkt und schien sein Zahnweh zu unterdrücken, da er mit großem Eifer an der Frau neben ihm herumschraubte. Mit Händen und Füßen erklärte er ausschweifend und ohne Unterlass, was für ein toller Hecht er doch war. Na, die hätten mich mal zu Wort kommen lassen sollen. Ich hätte dieses extrem schräge Bild von ihm gehörig zurechtgerückt. Allerdings nicht vor der Frau, die er gerade vollblubberte. Das war nämlich unsere Nachbarin, die doofe Kunze. Sie übernahm nach der Schule die Rolle des Hausmeisters und posaunte alles aus, was sie so beobachtete. Gab es in der Schule schon saftige Strafen, setzte es zu Hause dann auch noch mal Hiebe. Die Kindererziehung stand damals noch unter einem ganz anderem Stern als heutzutage. Die blöde Kunze hätte mal sehen sollen, was ihre eigene Brut so anstellte, denn ihr Sohn war einer der wildesten von uns allen und trotzdem in ihren Augen die Unschuld schlechthin. Doch was konnte der für seine Mutter und verpetzen gab es unter uns nicht. Das war Ehrensache. Jetzt aber schien es ihr zu gefallen, dass der fremde Kerl sie umgarnte, während ihr fleißiger Mann im Stahlwerk schuftete. Der war nämlich immer locker zu uns und meinte, dass sich die Kinder frei entwickeln sollten, auch, wenn dabei mal was zu Bruch ging oder aus der Bahn lief. Ich wusste damals noch nichts von Moral und derartigen Dingen, aber ich fand das Verhalten dieser beiden instinktiv nicht richtig. Aber auch andere Patienten schwatzten recht angeregt miteinander und man konnte meinen, sie wären einzig aus diesem Grund hier, während ich mir meine dicke Wange hielt.

Dann aber erkannte ich die Bedeutung des Begriffs *Götter in Weiß,* den meine Mutter als Krankenschwester zuweilen verwendete und der mir bis zu diesem Tage ein Rätsel geblieben war. Die Tür öffnete sich, knarrte in den Scharnieren, ließ zunächst einen Zug frischer Luft und in dessen Folge den Zahnarzt in seinem weißen Kittel herein. Sein Erscheinen hatte eine geradezu fantastische Wirkung. Von einer Sekunde auf die andere brachen sämtliche Gespräche ab, herrschte eine Grabesstille. Ehrfürchtig schauten alle zum Doktor und erwiderten seinen Morgengruß aufs Freundlichste. Vermutlich erlagen sie der unbegründeten Hoffnung, dadurch wäre er ihnen wohlgesonnen und die Behandlung würde weniger schmerzhaft. Ich war mehr als erstaunt, wie wehleidig alle so urplötzlich dreinschauen konnten. Lauke und die Kunze waren die Schlimmsten. Beide schienen sich auf ihren Stühlen gerade vor Schmerzen krümmen zu müssen. Dessen ungeachtet verschwand der Doktor unvermittelt in seinem Behandlungszimmer. Ich aber überlegte, ob ich nicht auch Zahnarzt werden sollte, denn allein durch einen weißen Kittel so Typen wie Lauke in Angst und Schrecken versetzen zu können, gefiel mir außerordentlich. Nun, dann müsste ich in der Schule aber bessere Noten schreiben und das hieß mehr zu lernen. Zuletzt entschloss ich mich, die Vor- und Nachteile dieser Idee später doch etwas genauer abzuwägen. Auf jeden Fall blieb es jetzt im Wartezimmer mucksmäuschenstill. Niemand äußerte auch nur noch ein Wort, kehrte in sich, betrachtete die eigenen Zahnschmerzen als die Schlimmsten der Welt. Zu gern hätte ich gewusst, was Jammerlappen Lauke gerade dachte, denn plötzlich ging die Tür zur Schlachtbank auf und die hübsche, noch sehr junge Assistentin bat Frau Meier als Erste zur

Behandlung. Die Gemeinte erhob sich schuldbewusst, schaute ängstlich in die Runde, als müsse sie sich auf ewig von ihren Leidensgefährten verabschieden. Aufmunternde Blicke begleiteten die Frau, dann schloss sich Tür und ließ wenig später das Geräusch des Zahnbohrers ins Wartezimmer durch. So ging es einigermaßen langsam voran. Jedes Mal, wenn ein neuer Patient aufgerufen wurde, schienen all jene, deren Name nicht genannt wurde, wie befreit und noch einmal dem Scheiterhaufen entgangen zu sein. Jedenfalls für den Moment. Da könnte man doch wirklich fragen, warum sie hierher gekommen waren. Doch wohl, um sich die Zähne reparieren und den Schmerz nehmen zu lassen. Ich hatte jedenfalls keinen Bammel und hoffte, bald an der Reihe zu sein. Schließlich hatte so ein Junge in meinem Alter ganz andere, sehr viel wichtigere Dinge zu tun, als in dieser gruseligen Dunkelkammer herumzusitzen und ältere Weicheier beim Jammern zuzusehen. Wir saßen also bereits über eine Stunde in unserer Ecke und wurden langsam ungeduldig. Delle maulte schon rum, wie lange das wohl noch dauern würde. Ich wollte gerade antworten, als sich die Tür zum Behandlungsraum erneut öffnete, die nette Arzthelferin in den Raum trat und allen Anwesenden zu verstehen gab, dass der Doktor die Behandlung für diesen Tag zu ihrem Bedauern abbrechen musste, da er als Kieferchirurg in das örtliche Klinikum gerufen wurde, um eine komplizierte Notfalloperation durchzuführen. Schmerzpatienten empfahl sie die Vertretungspraxis und allen anderen bot sie an, Terminwünsche für die nächsten Tage sofort entgegenzunehmen. Mich ärgerte das nur, denn mein Zahn nervte und jetzt noch zu einem anderen Arzt zu latschen, ging mir völlig ab. Die anderen, allen voran der Lauke, blühten förmlich auf. Befreit von den trüben Behandlungsängsten, fand auch er sofort seine alles einnehmende Redelust wieder und ging wenig später in Begleitung der Kunze davon. Wir standen wenig später auf der Brücke, die über den Fluss in unserer Stadt führte und überlegten, was jetzt zu tun war. Ich hatte keine Lust auf eine weitere schlaflose Schmerznacht, um tags darauf wieder in diesem finsteren Loch zu warten. Dann kam Fuzzi hinter dem Busch vor und bat darum, sich meinen Wackelzahn einmal ansehen zu dürfen. Anerkennung heischend machte ich meine Klappe weit auf, lehnte den Kopf in den Nacken und schloss dabei instinktiv die Augen. Fuzzi gar nicht feige, fasste in genau diesem kurzen Moment mit seinen Schmutzfingern in meinen Mund und griff nach dem Zahn. Reflexartig zog ich durch einen Rückwärtsschritt erschrocken meinen Körper zurück, verspürte in derselben Sekunde einen heftigen Stich im Kiefer und das war es dann auch schon. Mein Zahn war draußen. Es dauerte einige Sekunden, bis ich wieder klar denken konnte und sah, wie Fuzzi die blutige Trophäe in den Himmel reckte. Ich staunte, wie schnell das gegangen war, unterdrückte den kurzen Schmerz, der mich laut schreien lassen wollte und spürte den heftigen Blutgeschmack im Mund, der sofort

Übelkeit in mir hervorrief. Dass ich nicht gejammert hatte, brachte mir erneut den größten Respekt meiner Freunde ein. Wenig später, nachdem wir uns den jetzt herrenlosen Zahn genau angesehen hatten, warf Fuzzi das leuchtende, weiße Ding in hohem Bogen in den Fluss und rief:

»Der Zahn geht jetzt auf Reisen!«

Gebannt beobachteten wir seine Flugbahn, bis er sogleich im sprudelnden Wasser verschwand. Anschließend lehnten wir uns über das Geländer und ich spuckte einige Male das Blut aus, das nach kurzem Sturzflug schleimig auf das Wasser aufschlug, sich sehr schnell auflöste und das Staunen meiner Freunde weckte. Als das Bluten endlich aufhörte, nahmen wir unseren Schulweg auf und ich bohrte mit der Zungenspitze in diesem großen, überhaupt nicht mehr schmerzenden Loch meines Unterkiefers herum, das zuvor von Fuzzi und Delle ausgiebig betrachtet und für toll befunden wurde. In der Schule war der Verlust meines Zahns *das* Tagesthema und ich ein wirklicher Held. Blöd nur, dass die niedliche Marion, deren Lob mir das Wichtigste gewesen wäre, kein Interesse an meinem Mut und meiner indianischen Schmerzunempfindlichkeit zeigte. Sie drehte sich einfach nur um und ging davon.

Die Jahre sind ins Land gegangen und ich denke immer wieder mal an meinen Zahn und etwas häufiger auch an Marion. Da das letzte Relikt meines Milchgebisses nicht tatsächlich auf Reisen gegangen sein konnte, weiß ich, wo ich es ungefähr finden könnte, wenn ich es denn wollte. Ich brauchte lediglich den Fluss trocken legen und dann intensiv danach graben. Die Freundschaft zu Delle und Fuzzi hat all die Jahre überdauert und hält bis heute. Marion aber, meine erste heimliche Liebe, sah ich niemals wieder.

Das fremde Mädchen

Die Pubertätsphasen junger Menschen sind für alle Beteiligten nicht ganz leicht zu ertragen. Das gilt gleichermaßen für die Betroffenen selbst, als auch für ihre Umgebung, insbesondere aber der Eltern. Dieser Gedanke weckt recht intensive Erinnerungen in mir und ich frage mich, wie ich als junger Kerl in diesen so schwierigen Entwicklungsjahren wohl gewesen war. Ich habe noch Bilder aus den Zeiten meines Stimmbruchs im Kopf. Das war so etwa mit vierzehn oder fünfzehn Jahren. Wochenlang bekam ich keinen sauberen Ton über die Lippen und meine Worte schienen in einem Paternoster unterwegs gewesen zu sein. Alle Wortsilben überschlugen sich und mein Gekrächze führte zur allgemeinen Erheiterung, was mich aber nicht sonderlich interessierte. Bald schon sprossen die ersten Barthaare, und das machte mich ordentlich stolz, denn sie waren der unverkennbare Beweis, dass ich doch langsam erwachsen und ein Mann werden würde. Zumindest ein Stück weit. Wie ich mich allerdings verhalten habe, vermag ich nicht mehr zu sagen. Doll war es sicherlich nicht, denn frech war ich schon immer und einen eigenen Kopf hatte ich bereits mit Kindesbeinen. Mein Sternzeichen ist Steinbock, und der bin ich mit all seinen Facetten, obwohl ich nun wirklich nicht von der esoterischen Sorte bin. Das heißt nichts anderes, als dass ich unter anderem immer sagte was ich dachte und was ich als Wahrheit empfand. Meine Ansichten mochten durchaus keine allgemeine Gültigkeit haben, trotzdem ließ ich raus, was zu sagen war. Ganz besonders mag es meinem Vater nicht so recht gefallen haben, denn mit ihm habe ich mich immer mehr in den Haaren gelegen. Argumentativ war ich bereits damals wortgewaltig, aber auch rotzfrech unterwegs und drückte den alten Herrn mit meiner durchaus emotionslosen Unverblümtheit während unserer Streitgespräche verbal an die Wand. Wie man sich leicht vorstellen kann, führte das zu noch deutlich mehr Zoff. Insgesamt unterstelle ich einmal, dass ich in dieser Zeit nicht leicht zu ertragen war. Doch wollte ich überhaupt nicht von mir erzählen, sondern von der Pubertät im allgemeinen und den zuweilen schillernden Auswüchsen einiger Mädels im Besonderen. Beim weiblichen Geschlecht ist dieser Prozess zuweilen wohl richtig anstrengend. Meine Schwestern waren, wie sehr viele andere Gören, der beste Beweis für diese abenteuerliche Theorie. Die Krönung des Ganzen, und damit komme ich jetzt zur eigentlichen Geschichte, war aber meine Tochter. Fast vierzehn Jahre alt und mittlerweile Lichtjahre von der süßen kleinen Zaubermaus, die wir großgezogen hatten, entfernt. Vorbei die himmlischen Jahre, als ich ihr am Abend regelmäßig Märchen vorlas, Geschichten erzählte, sie in den Schlaf sang, des Nachts aus dem Bett kroch, um ihr beim Träumen zuzusehen. Sie hatte das Schwimmen, Fahrradfahren, Lesen und so vieles andere gelernt, mich zum glücklichsten Papa der Welt gemacht. Seit etwa einem Jahr aber war das alles verschwunden, meine Prinzessin so ganz anders, geradeso, als käme sie von einem anderen Stern. War ich in ihren Kinderjahren der Anker, der Ruhepol, das sie auffangende Netz, wenn ihre kleinen, für sie so großen Sorgen, ihren Himmel verdunkelten, ihre See aufschäumen ließen, befand sich mein Stern an ihrem Firmament inzwischen im Sinkflug. Besser gesagt, er stürzte im endlos freien Fall in die pechschwarze Tiefe des endlosen Nichts. Ehrlich gesagt, hatte ich mein Tun mit ihrer zunehmenden Ignoranz. Es tat weh, ihre Zuneigung dahinschwinden zu sehen und ihre Ablehnung zu fühlen. Meine geliebte Gattin sah das alles ganz cool, ließ ihre Tochter gewähren, achtete aber aufmerksam wie eine Löwin darauf, dass das Mädchen nicht aus dem Gleichgewicht kam und aus der Umlaufbahn katapultiert wurde. Mich tröstete sie mit dem Versprechen, dass diese Phase irgendwann zu Ende gehen und meine langsam zur erwachsenen Frau werdende Fee wieder angekrochen kommen würde. Das bräuchte jedoch noch etwas Zeit, aber dann wäre sie auch nicht mehr das kleine Mädchen, das ich unaufhörlich mit lustigen Geschichten in den Schlaf begleitet hatte. Was diese Worte zu sagen hatten, konnte oder wollte ich mir nicht recht vorstellen. Trotzdem. Sie beruhigten mich und ließen mich wieder etwas besser schlafen. Zunächst aber kam der zuvor erwähnte Absturz. Alles begann, dass sie mich eines Morgens in recht schnodderigem Ton anmaulte.

»Mein Gott ist Dein Pullover oldschool! Und damit traust Du Dich auf die Straße und unter Leute?«

Überrascht schaute ich sie verblüfft an. Mir fehlten die Worte. Ich bleibe eigentlich niemandem eine Antwort schuldig, aber in diesem Moment versagte meine Schlagfertigkeit. Doch dabei blieb es nicht. Von diesem Tage an konnten ihre Eltern sagen und tun, was sie wollten. Nichts war der jungen Dame recht. Wir erzählten ihrer Meinung nach nur dummes Zeug, hatten keine Ahnung vom Leben und unsere Ansichten wären mehr als nur antiquiert. Zwischendurch gab es auch andere Phasen. Da kam sie wieder zu mir, kuschelte sich an, war zuckersüß und lieb. Das dauerte aber nicht lang und ihre Laune wechselte wie das Wetter. Sie giftete herum, machte uns Vorschriften und wies uns zurecht, wenn wir nicht ihrer Meinung waren. Meine Frau blieb immer völlig entspannt, sagte nichts, gab dem Töchterlein nie das Gefühl, dass sie das Mädchen nicht ernst nehmen würde. So vermittelte sie ihr, dass sie ihren Willen durchgesetzt hatte, ihre Meinung angenommen wurde und sie sich in Siegerpose zurückzog. Und doch gab es Regeln in unserem Haus. Die aber meinte mein kleiner Sonnenschein als völlig daneben ablehnen und nicht befolgen zu müssen. Sie hatte beispielsweise ihre kleinen Aufgaben. Die

Spülmaschine auszuräumen war eine ihrer regelmäßigen Verpflichtungen.

»Kümmerst Du Dich bitte um das Geschirr!«, sagte eines Tages ihre Mutter.

»Nö!«, war ihre genauso kurze wie freche Antwort.

»Doch. Das wirst Du tun!«, blieb meine Frau ruhig aber sehr entschieden und unnachgiebig.

»Und wenn nicht?«

»Dann ist für den Rest des Monats Dein Smartphone auf null gestellt!«

Beides wirkte unmittelbar. Die coole und ruhige, jedoch eindringliche, entschiedene Art der Mama und die unannehmbare Aussicht, von ihren Freundinnen, von denen vor kurzer Zeit mindestens die Hälfte dumme Zicken gewesen waren, abgeschnitten zu sein. Sie stand da, überlegte, begriff und gab wutschnaubend nach. Als der Geschirrspüler ausgeräumt war, verließ sie wortlos die Küche und verschwand in ihrem inzwischen ständig unordentlichen Zimmer.

»Sie sucht die Konflikte und die Quittung für die Spülmaschine bekommen wir noch!«

Aber nichts da. Am Abend saß die kleine Giftkröte neben mir auf dem Sofa, knabberte an den Erdnüssen, ließ sich bereitwillig über den Kopf und durch die langen Haare streicheln.

»Hast Du es bemerkt?«, fragte mich meine Frau, als die Kleine zu Bett gegangen war.

»Nein. Was denn?«, gab ich mit fragendem und nichts wissendem Blick zurück.

»Sie versucht, uns gegeneinander auszuspielen. Bei mir kommt sie keinen Millimeter weit, ihren Pflichten aus dem Wege zu gehen. Also versucht sie, Dich auf ihre Seite zu ziehen. Hier müssen wir aufpassen. Das darf ihr nicht gelingen, denn dann wird es richtig schwer für uns!«

Wir unterhielten uns noch eine ganze Weile über unser gemeinsames Vorgehen und krochen dann auch zufrieden ins Bett. Am nächsten Morgen kam ich noch halb verschlafen in die Küche und staunte nicht schlecht, als auf den von der Fußbodenheizung erwärmten Fliesen unsere Tochter lag und träumte. Zuerst hatte ich erschrocken geglaubt, sie wäre gestürzt, aber nein. Sie lag da und schien zu schlafen. Ich hatte keine Ahnung, wie lange sie dort schon lag. Vorsichtig machte ich sie wach und brachte sie noch einmal für zwei Stunden ins Bett. So war diese Zeit. Jeden Tag etwas Neues. Wir glaubten kaum, was so ein verquirltes, junges Mädchen an Verhaltensrepertoire auf Tasche hatte. Später auf dieses oder jenes angesprochen, vermochte sie sich oftmals überhaupt nicht mehr zu erinnern. Zum Ende dieser Zeit, unsere Tochter näherte sich ihrem sechzehnten Geburtstag, wartete sie häufig mit recht skurrilen politischen Überzeugungen auf. Diesbezüglich hatte sie mich als

Gegner ausgesucht. Sie wusste natürlich, dass ich sehr belesen war und aus diesem Grund wollte sie sich mir messen, mich zu Fall bringen, mich besiegen. Doch ahnte sie nicht, dass sie diese Rechnung ohne den Wirt gemacht hatte. Ich hatte mir in den vergangenen Monaten sehr viel von meiner Frau abgeguckt und erklären lassen. Also ließ ich die gar nicht mehr so kleine junge Dame gewähren und erzählen. Und was ich mir alles anhören musste. Einfach unglaublich. Sie hatte überhaupt keine klare politische Überzeugung, sondern sprang zwischen links und rechts hin und her, je nachdem, welches Thema sie aufs Trapez brachte. Immer mehr Themen, wie zum Beispiel der Umweltschutz, der Hunger in der Welt, aber auch Pandemien und vieles mehr, lassen sich nicht parteipolitisch in einem Land lösen. Das sind alles weltpolitische Probleme und wir, die älteren Generationen, haben jetzt die Verpflichtung, den Jungen Leuten eine den Globus umspannende Plattform zu schaffen, damit sie internationale Lösungen finden und umsetzen können. Es ist meiner Ansicht nach von zwingender Bedeutung, dass sich die Generationen im Sinne dieser Aufgaben begegnen und austauschen können. Ich empfinde es als unbedingt bereichernd, die Ansichten der jungen Menschen zu hören und sie mir von ihnen erklären zu lassen. Ich möchte verstehen, was sie denken und wo sie hin wollen. Dieser Art waren aber Töchterleins momentanen Überzeugungen ganz und gar nicht. Erzählte sie mir heute aus ihrem sozialen Gewissen, wie wichtig

Mindestrente und Mietpreisbremsen sind, erklärte sie tags darauf, dass genau diese Dinge vollkommen falsch waren, den Kapitalismus und die freie Marktwirtschaft untergruben, geradezu sozialistische Züge in sich trugen und damit unannehmbar erschienen. Ich saß sehr oft und sehr gern am Samstagnachmittag im Wohnzimmer und studierte die örtliche Tageszeitung. Die liebste Tochter von allen hatte es sich seit Wochen zueigen gemacht, mir dabei Gesellschaft zu leisten. Offensichtlich suchte sie aber auch zum sich nähernden Ende ihrer wirren Monate Zugang zu Papa, den dieser ihr natürlich nicht verwehrte. Las ich ganz *oldschool* noch in den gedruckten Nachrichten, war sie immer und ausschließlich digital unterwegs. So verbrachten wir also manche gemütliche Stunde, die jedoch auch die ein oder andere Diskussion zu irgendeinem politischen Thema hervorbrachte. Das fand ich spannend, den ich erzählte bereits, dass mich dieser Austausch mit jungen Leuten faszinierte. Wir fanden jedenfalls nicht immer den gleichen Nenner, akzeptierten aber die Gedanken und Ansichten des anderen und ich bemerkte, dass meine Prinzessin doch langsam erwachsen wurde. Auch ich musste nun einsehen, dass ihre Kinderjahre für immer vorbei waren und nur noch in meinen Erinnerungen lebten. Also schloss ich die schönen Bilder des kleinen Mädchens gedanklich weg und kramte gelegentlich für mich allein darin herum. Dann aber kam es vor Kurzem es zu einem Meinungsaustausch, bei dem ich die

Ansicht, alle Flüchtlinge in unserem Land wären Straftäter, weder akzeptieren wollte, noch konnte.

»Meine Güte, was ist nur in diesem Land los! Da kommen sie in Massen zu uns und saugen das Sozialsystem aus!«, sagte meine Tochter halblaut vor sich hin.

»Was meinst Du?«, fragte ich neugierig nach.

»Diese unzähligen Menschen aus dem vorderen Orient und Nordafrika. Schlägst Du die Nachrichten auf, liest Du nur von Messerstechereien, sexuellen Belästigungen und so etwas. Die Kölner Domplatte zu Silvester haben wir alle noch in Erinnerung. Gehst Du aber als Mädchen des Abends allein in die Stadt, siehst Du überall diese Leute und kannst sicher sein, dass Du immer gleich von mehreren dieser Typen auf denkbar plumpe Weise angebaggert wirst. Bist Du in Begleitung eines Freundes, wird der bedroht und sehr oft bleibt es nicht dabei. Die Mädels aus meiner Klasse erzählen immer Geschichten, die mag man gar nicht glauben. Wir sollten sie alle rausschmeißen. Das ist ja nicht auszuhalten!«

»Aber alle sind doch bestimmt nicht so!«, warf ich ein und wollte in Erfahrung bringen, ob meine Tochter tatsächlich so pauschal urteilte oder sich Zeit für einen zweiten Blick nahm.

»Wenn Du mich fragst, gibt es da nicht sehr viele ordentliche Leute drunter. Und nicht, dass Du denkst, die müssten von staatlicher Unterstützung leben. Alle sind durchweg gut gekleidet, haben die teuersten Handys, gestylte Haare und nicht ganz billige

Parfüms. Das lässt auf dunkle Geschäfte schließen und von den vielen Clans in unserem Lande hast Du ja auch schon gehört. Da kann die Polizei nur noch in Mannschaftsstärke hinfahren. Also ehrlich, den kollektiven Rechtsruck kann ich schon verstehen. Man ist sich in seiner Heimat seines Lebens nicht mehr sicher!«

So argumentierte sie noch eine ganze Weile und schockierte mich ob ihrer recht radikalen Haltung. *Das war doch nicht meine Tochter*, ging es mir durch den Kopf. Ein Stück weit teilte ich zwar ihre Meinung, doch gab und gibt es unter den Flüchtlingen auch sehr viele, die in ihrer Heimat alles verloren hatten und wirklich auf Hilfe angewiesen waren und weiterhin sind. Meine Tochter hatte in diesem Moment aber kein Ohr für derartige Argumente und sich derart in Rage geredet, dass sie nicht in der Lage war, ihre vorgefertigte Meinung kritisch zu hinterfragen. Also ließ ich sie erst einmal reden, hörte ihr aufmerksam zu, sagte aber kein Wort, bis sie mich dann aufs Korn nahm und fragte:

»Hat denn der Herr Papa auch eine Meinung zu dem Thema?«

»Doch, doch. Die hat er. Da kannst Du sicher sein!«

»Du musst wissen, dass Deine überaus liebenswerte Tochter sehr daran interessiert ist, sie zu hören!«, warf sie schnippisch ein.

»Das wird sie auch. Das wird sie auch, doch zweifele ich, dass sie ihr gefällt!«

»Lassen wir es doch einfach mal drauf ankommen!«, erwiderte sie mit ironischem Unterton und sah mich erwartungsvoll, zur Abwechslung mal schweigend, an.

»Grundsätzlich gebe ich Dir in vielen Deiner Ansichten recht und was die Politiker in den Gazetten und Medien zum angeblich nicht erhöhten Straftatengeschehen sagen, ist vollkommen falsch. Alle Delikte, die von Zuwanderern begangen werden, hätten wir ohne sie nicht. Von daher verstehe ich diese Populisten nicht. Dass wir inzwischen einen eigenen Paragrafen wegen Messerstecherei im Strafgesetzbuch haben, spricht doch Bände!«

»Mein Reden!«, hörte ich aus dem Mund meiner Tochter.

»Trotzdem. In der Gesamtheit sind in meinen Augen die meisten der zu uns gekommenen Menschen hilfebedürftig. Nur die wenigsten sind Wirtschaftsflüchtlinge oder Ganoven!«

»Warum verschließt Du die Augen vor der Wahrheit? Die hängen doch alle zusammen. Weg mit denen. Die sollen in ihre Heimat gehen. Da können sie schachern und bescheißen, wen sie wollen. Hier haben sie alle nichts verloren!«

»Das kann ich so nicht annehmen, denn es ist zu pauschal, was Du da sagst!«

»Ist es nicht und mit meiner Meinung stehe ich weiß Gott nicht allein da. Das kannst Du mir glauben!«

»Dann will ich Dir eine Geschichte erzählen, die ich mir jetzt ausgedacht habe, die aber in wesentlichen Teilen einen klaren

Bezug zur Wahrheit hat!«, sagte ich und bemerkte, dass mich zwei Augen genauso prüfend wie fragend ansahen.

Ich wusste zu genau, dass ich sie mit Geschichten locken konnte und genoss ihre unbedingte Aufmerksamkeit. Dann begann ich zu erzählen.

»Stell Dir vor, Du wärst die zwölfjährige Samira aus irgendeiner syrischen Kleinstadt. Du hast dort Deine ganze Familie nebst Großeltern in einem Haus bei Dir. Alle kümmern sich um Dich, Du bist nie allein, wächst wohlbehütet auf, hast viele Freunde und ein jeder hat Dich lieb. In Deinem Zimmer hast Du Deine eigene verträumte Mädchenwelt mit Bildern an den Wänden, tollen Spielsachen, einem Computer und versteckst die ersten zärtlichen Briefe eines Mitschülers. Doch dann, in einer Nacht im Sommer haben irgendwelche Militärs einer Armee entschieden, Eure Stadt zu bombardieren. Mitten in der Nacht katapultiert Dich die Explosion einer Rakete aus dem Haus. Wie durch ein Wunder erwachst Du aus der Ohnmacht, bist, bis auf ein paar Kratzer, unverletzt und wirst sehr schnell erfahren, dass Du alles, absolut alles verloren Hast. Deine Familie, Euer Haus, die halbe Stadt, die Freunde, die Schule. Einfach alles. An dieser Stelle, liebe Tochter, beginnt erst Dein Martyrium. Wenige Tage später befindest Du Dich mit vielen anderen, Dir unbekannten Menschen auf dem Weg in ein Auffanglager an der türkisch-syrischen Grenze. Niemand hilft Dir in Deiner unendlichen Trauer, dem Schmerz, dem Verlust. In besagtem

Lager erlebst Du Dreck, Hunger, Feindschaft und neugierige Blicke der Männer, die ganz sicher nichts Gutes von Dir wollen. Nach einigen Monaten wirst Du mit vielen anderen Kindern über das Meer nach Westeuropa gebracht. Wenn Dir auf der Flucht vor weiteren Angriffen während der Überfahrt nichts passiert, landest Du irgendwann, allein und noch immer voller Trauer, in einem vollkommen fremden Land, dessen Sprache Du nicht beherrscht, in das Du nie hin wolltest und wo Dich auch niemand haben will. Ablehnung begegnet Dir in der nächsten Unterkunft und auch aus der Bevölkerung des Landes. Die Rückkehr in Deine Heimat ist vollkommen ungewiss und wenn ja, wohin. Auch dort wärst Du fortan ohne Halt und ganz allein. Seelisch und auch geografisch völlig entwurzelt!«

Ich hatte mich während des Erzählens dem Fenster zugewandt und mit Blick in die Ferne in die geistigen Bilder der geschilderten Ereignisse fallen lassen.

»Was also bedeuten Dir und uns allen nun Begriffe wie Meinungsbildung, Selbstkritik, Einsicht, Mildtätigkeit, Verständnis, Mitmenschlichkeit und Hilfsbereitschaft? Was, wenn Dir jetzt und heute Samiras Schicksal begegnete, Du aus dem Leben gerissen und vielleicht nach Nordafrika verfrachtet würdest, weil hier ein paar Politiker Krieg spielten. Du hättest alles verloren und müsstest dort hin, wo Dich jeder ablehnt, Du keine Zukunft hast, Dich die

Menschen rausschmeißen und in Deine Heimat schicken wollten, keine Mama und kein Papa auf Dich achtet und Dir hilft?

Für Dich ist das in diesem Moment lediglich ein theoretischer Ansatz, für das Mädchen aus Syrien ist es Realität!«

Als ich zu Ende erzählt hatte, wandte ich mich meiner Tochter zu. Tränen liefen ihr übers Gesicht. Ich rührte mich nicht, sagte kein Wort, sah sie nur an. Dann öffnete sie sich und sagte:

»Da ist ein syrisches Mädchen in meiner Klasse. Sehr leise, äußerst zurückhaltend mit unendlich traurigen Augen. Sie müht sich, unsere Sprache zu sprechen und dem Unterricht zu folgen. Wir wissen nicht sehr viel über sie, denn in den Pausen zieht sie sich zurück und in der Freizeit hat sie noch niemand von uns gesehen. Einige Jungs frotzeln dumme Sprüche über sie, was ich ziemlich doof finde, denn sie hat niemandem etwas getan und begegnet uns zwar distanziert aber immer freundlich!«

Dann trat eine kleine Pause ein. Meine Tochter starrte vor sich auf den Boden und versank in ihren Gedanken. Ich ließ sie in Ruhe, drehte mich wieder zum Fenster, denn ich wollte sie nicht in ihrer Nachdenklichkeit beobachten und ahnte, was gerade in ihr los war. Wenig später siegte die Einsicht, die gedankliche Veränderung, die gereifte Überzeugung und meine große Tochter sagte mit weicher Stimme:

»Ich glaube, sie könnte Samira sein. Vielleicht ist sie das fremde Mädchen!«

Black Devil

Da stehr er nun. Ausdruckstark, groß, unwiderstehlich, enorm muskulös, tiefenentspannt und ruht in sich, als wäre ihm der hektische Lauf dieser Welt mit all seinen Fallgruben, Problemen und Widrigkeiten vollkommen egal. Und was soll ich sagen. So ist es auch. Ich stand vor einger Zeit etwas abseits und beobachtete ihn schon eine ganze Weile, wie er vollkommen unbeweglich einem Fels gleich in der Brandung mit seinen ausgefahrenen Teleskopaugen geradeaus starrte und etwas offensichtlich Spannendes fixierte. Was hätte ich darum gegeben, wenn zumindest ein kleiner Teil seines Wesens mir zueigen wäre. Natürlich gibt es Dinge, bei denen auch ich wirklich langmütig sein kann. In anderen Momenten aber treibt mich die Ungeduld und lässt mich erst dann wieder zur Ruhe kommen, wenn das, was getan werden muss, erledigt ist. Was mich an dem Tier schon immerfasziniert, war und ist diese durchgängige innere Stille. Ich kenne ihn inzwischen einige Jahre und habe nur in ganz wenigen Augenblicken erlebt, dass er seine äußerst beeindruckende Erscheinung einigermaßen hektisch in Bewegung gesetzt hatte. Dann aber musste man sich in acht nehmen, sollte man ihm nicht im Wege stehen, denn auch eine steinerne Mauer böte ihm auf seinem Weg vorwärts allenfalls geringen, nicht ernst zu nehmenden

Widerstand. So sehr ich seine inneren, festen und charakterlichen Eigenschaften schätzte, ließ doch sein Äußeres sehr zu wünschen übrig. Die zotteligen schwarzen Haare hingen ihm bis weit ins Gesicht und vermittelten den Eindruck, dass er überhaupt nichts sehen konnte. Doch dem war überhaupt nicht so. Er bekam alles ganz genau und sofort mit, was um ihn herum passierte. Seien Sie sicher, was nicht sein durfte, hätte er niemals zugelassen. Es war diese ihm innewohnende Entschlossenheit, das im entscheidenden Moment Unnachgiebige, Resolute, was mich am meisten faszinierte. Auch, wenn sein sehr vernachlässigtes Äußeres auf mich nicht unbedingt verlockend wirkte, sein fester Charakter und die zuvor beschriebenen Eigenschaften machten das alles wett. Die großen Feldherren der Geschichte hatten nicht im geringsten etwas von diesem Titan, der - wie ich eingangs erzählte - einfach nur so da stand. Der geneigte Leser oder auch die nicht minder geneigte Leserin mag sich an dieser Stelle berechtigt fragen, von wem ich hier erzähle. Wer hätte Feldherren wie Julius Cäsar, Napoleon, Alexander dem Großen, dem Alten Fritz, aber auch Majestix und Kernel Hati (die zwei dürfen an dieser Stelle aus Gründen der Fairness nicht unerwähnt bleiben) und anderen Größen Paroli bieten können? Nun, es war niemand Geringeres, als mein Nachbar. Der würde aber niemals die Bühne der Weltgeschichte betreten und keiner verschwendete auch nur eine Seite in den Geschichtsbüchern für diesen in der Welt eher unbekannten

Heroen. Das war ihm aber schon immer scheißegal, wie ich zu Beginn schon erwähnte. In seiner Welt legt er keinerlei Wert auf derartige Eitelkeiten, denn eitel war und ist er ganz und gar nicht, würde es auch niemals werden. Eher schon gierig, wie sich auf den nächsten Seiten zeigen wird. Gierig und stur, darin aber absolut entschlossen.

Wer also, so könnte man sich an dieser Stelle abermals wundern, vereint diese sonderbaren Eigenschaften in sich? Wer war dieser Nachbar? Nur, um Klarheit ins Dunkel zu bringen. Dieser spezielle Charakter- und Verhaltenscocktail ist auch weniger unter den Zweibeinern zu finden. Mein Nachbar heißt auch nicht Walter, Otto oder sonst wie, sondern *Black Devil*. Er ist ein pottschwarzer, schottischer Hochlandbulle, ein Galloway mit zwei mächtigen Hörnern auf dem riesigen Kopf, dessen Haare die listigen, kleinen Augen überwuchern. Aber da waren wir ja schon. Davon hatte ich bereits erzählt, womit wir bei der nächsten Frage wären. Was war es denn nun, was diesen vierbeinigen Badboy, diesen Desperado, den Zorro unerfüllter tierischer Versprechen so sehr interessierte? Was fesselte denn eigentlich sein Interesse derart, dass er wie zu einer Salzsäule erstarrt wirkte? Nun, das ist mit wenigen Worten schnell erzählt und für die männlichen Leser ganz sicher nachvollziehbar. Als ich nämlich seinem Blick folgte, erkannte ich das Ziel seines stoischen Starrens, den Inhalt seiner offensichtlich verdorbenen Don-Juan-Träume und auch sein Dilemma, die

Achterbahnfahrt seiner erwartungsvollen Seele. Es war nichts anderes, als die in einiger Entfernung stehende Schönheit namens *Forty One*, die ihn nicht nur ständig missachtete, sondern auch die ihm zustehende Vormachtstellung auf der großen Weide allzuoft verweigerte. Insbesondere die Ignoranz gegenüber des erwartungsvollen Feldherren hatte sie offensichtlich zur hohen Kunst ausentwickelt, denn *Black Devil* bekam bei ihr keinen Stich. Sie ließ ihn braten, wie eine dunkle Seele im Feuer der Heimstatt des Gehörnten tief unter der Erde. Aber genau hier zeigte sich des schwarz gelockten Daydreamers Ausdauer. Er wusste nur zu genau, wie die Mädels ticken. Erst heißt es energisch *nein*, immer wieder *nein*, doch zuletzt würde er der Sieger sein und den Midnight Romeo geben.

Forty One war für mich einfach nur eine Kuh. Sie trug als einzigen Schmuck einen gelben Plastikchip im Ohr, auf dem die Ziffer einundvierzig zu lesen war, von dem ich ihren Namen herleitete. Sehr groß, sehr kräftig, sehr rothaarig und zottelig, mit ausladenden Hüften, geduldigem und äußerst entspanntem *Muh*. Das hörte ich besonders häufig und intensiv, wenn ich im Spätsommer die leckeren Birnen über den Zaun warf. Dann stand sie vor den anderen Kühen ganz dicht bei mir, setzte ihren mehr als mitleiderregenden Bettelblick auf und ließ mir keine Chance, auch nur einmal *nein* zu sagen. Wie ich bereits erwähnte, für mich war sie eine liebe Kuh, für den Chef der kleinen Herde aber, dem die anderen Damen instinktiv den nötigen Respekt entgegenbrachten, verkörperte sie ganz offensichtlich den puren erotischen Reiz, die verbotene, paradiesische Frucht auf vier kräftigen, behaarten Beinen. So beobachtete ich ihn immer wieder und dachte mir, dass der arme Kerl ganz schön auf Granit biss. Wann immer *Forty One* ihren massigen Hintern über die Weide schaukelte, stand *Black Devil* wie paralysiert in der Landschaft und beobachtete jeden ihrer Schritte. Irgendwann und sicherlich aus reiner Verzweiflung muss er auf die Idee gekommen sein, dass er ihre Aufmerksamkeit auf sich lenken, ihr seine Kraft und Überlegenheit beweisen sollte. Machen wir uns nichts vor. So ein Prachtkerl von Bulle ist nicht einfach nur so da. Er hat Aufgaben eindeutiger Art. Das wusste natürlich auch der schwarze Recke und denen wollte er nur allzu gern nachkommen.

Black Devil hatte in genau diesem Sinne auch die Damen auf zwei anderen Weiden zu versorgen, wenn man das so ausdrücken wollte.

»Du musst mal sehen, wie der Kerl auf den Hänger springt, wenn er verladen wird, um die anderen Ladys zu besuchen. Ich machte mir anfangs Sorgen, wie ich einen solchen Brocken überhaupt verladen sollte. Als junger Stier war er noch beherrschbar, später aber durfte man ihm nicht zu nahe kommen. Das war schlicht und einfach zu gefährlich!«, erzählte mir unlängst mein richtiger Nachbar, der Eigentümer der Rinderherde.

»Aber ich musste eigentlich nichts weiter machen, als die Laderampe herunter zu lassen. Allein das Vorfahren des Hängers war für ihn das Signal. In diesen Moneten erinnerte er sich daran, worum es ging, was jetzt folgte. Er rannte ungebremst auf die Rampe, schob die inzwischen mächtigen Hörner in eine unmöglich schräge Position auf der etwas schmalen Ladefläche, verharrte während der Fahrt geduldig in dieser für ihn äußerst unbequemen Position, um am Ziel vollkommen selbstständig und unaufgefordert rückwärts herauszukommen und unversehens seinem ihm von der Natur vorgegebenen Wesen alle Ehre zu machen«, erfuhr ich weiter.

Doch um das Verladen und die anderen Weiden ging es hier gerade nicht. Es handelte sich vielmehr um weibliche Zickerei, um Spielchen spielen, um männliche Ehre und damit praktisch um alles, was einem Bullen im Leben wichtig war. Wie also diese emotionale Kühle brechen, wie beweisen, wer hier der Satan war, mit dem man besser nicht so umging, wie es diese Diva tat. Dann aber kam dem seelisch Gepeinigten nach langem Überlegen die zündende Idee. Er brauchte einen Gegner, den er im Kampf niederringen konnte. Wenn Sie erst mal sein kämpferisches Talent und seine Stärke erkannte, würde sie dahinschmelzen wie Eis in der Sonne und angekrochen kommen. Nur, wie einen würdigen Kämpfer finden? Er war der Pascha auf dieser Wiese und dummerweise ohne Gegenwehr. Das würde sich sobald auch nicht ändern. Also musste er eine andere Strategie entwickeln. Als er eine ganze Zeit relativ ergebnislos vor sich hin entwickelt hatte, fiel sein Blick auf den alten, mächtigen Kirschbaum, der bereits vor vielen Jahrzehnten dort gepflanzt worden war und seine Wurzeln für die Ewigkeit ins Erdreich gegraben hatte. Alle Rinder, und der Protagonist dieser Geschichte vorne weg, haben sich an der groben Rinde des dicken, unbeweglichen Stammes immer wieder genussvoll den behaarten Buckel gescheuert und unter seinem riesigen Blätterdach an heißen Sommertagen den wohltuenden Schatten genossen. Dieser alte Baum, in dessen wuchtigem Obergeschoss eine Eichörnchenfamilie und auch ein Buntspecht nebst Gespielin und Nachwuchs ihr Heim bezogen hatten, war weit und breit das Einzige, was Widerstand bot und sich anzugreifen lohnte. Der Titan überlegte in alle Richtungen, also hin und her, schätzte die Lage ab und wartete darauf, dass seine Herzdame einen Blick riskierte. Als er den richtigen Moment für gekommen betrachtete, legte er los. Er senkte den riesigen Schädel, schabte mit einem Huf geräuschvoll im Weideboden, schnaubte wild, als ginge es um das letzte Schnauben seines Lebens, erregte damit allgemeine Aufmerksamkeit unter den Kühen und raste los. Es dauerte nur Sekunden. Dann krachte es laut. Nur um hier von vornherein Klarheit zu schaffen. Der Baum war es nicht, denn Bäume sind zwar vollkommen aggressionsfrei, sie geben aber auch kein Stück nach, wenn sie erst einmal die Größe besagten Kirschbaums erreicht haben. Gut, er kam schon kurz ins Wackeln und seine Bewohner im Obergeschoss mochten ob der erdbebengleichen Erschütterung spontan an den Tag des jüngsten Gerichts gedacht haben, doch nach dem zugegeben mächtigen Stoß kehrte sofort wieder Ruhe ein. Das erwähnte Krachen fand also im Kopf und Nacken des schwarz gewandeten Gladiators statt, der nach dem Aufprall erst einmal die Segel strich und sich für eine ganze Zeit ins Land der Träume, dem Nirwana der Stiere, verabschiedete. Es mochte eine gute Stunde vergangen sein, als ihn sein dröhnender Schädel aus der lautlosen Schwerelosigkeit in die Gegenwart katapultierte. Erste Lichtstrahlen krochen ihm durch die Lider und weckten sein lädiertes Bewusstsein. Die Sonne wärmte ihn, über ihm hämmerte der Specht in des Baumes Rinde. *Tarzan*, das Eichhörnchenmännchen, saß einigermaßen respekt- und furchtlos vor ihm im Gras und kratzte genüsslich seinen grauen, rundlichen Wanst. Eigentlich reichte immer nur eine Bewegung des mächtigen Gehörns, um diesen kleinen Kerl zu verscheuchen, doch dazu war unser Raubritter in diesem Augenblick noch nicht in der Lage. Nach und nach aber machte sich Klarheit in seinen Gedanken breit und, als er so langsam wieder ganz der Alte wurde, suchte er nach *Forty One*. Als er sie endlich fand, drehte sie ihm etwas abseits stehend wie immer ihren Hintern zu und brachte ihre Ignoranz aber auch ihr geheucheltes Desinteresse zum Ausdruck.

»Und wenn die blöde Kuh meinen heroischen Kampf gar nicht gesehen hat?«, mochte sich unser Held gedacht haben.

Nun, es gab ja eigentlich gar keinen richtigen Kampf und Bullen stellen sich vermutlich auch nicht solche Fragen. Wenn dieses üble Getöse unter seinen schwarzen Locken und der geschundene Nacken ihn nicht so quälen würde, wäre alles so wie immer. *Black Devil* erhob sich alsbald mit noch reichlich wackeligen Beinen, suchte die Nähe seiner Geliebten und begann ebenfalls genüsslich zu grasen. In den folgenden Wochen fiel mir auf, dass die beiden Turteltäubchen häufiger beisammen standen und sich *Forty One* einigermaßen zugänglich zeigte, ab und wann aber doch ihre zickige Haltung vor sich hertrug, wie ein Marketender seinen Bauchladen. Als es Winter wurde, meinte ich ob ihrer Leibesfülle, ihr Fell sei so dicht, doch wurde ich im Frühling eines Besseren belehrt, als eines Morgens der Dreikäsehoch eines kleinen schwarzen Teufels über die Weide fegte und seinen längst wieder geduldigen Papa an dessen Beine buffte, was dieser mit einem tiefen und ruhigen *Muuuuhhhhhh* beantwortete.

Amy

Der Tag im Büro war mal wieder anstrengend und nervig gewesen, als Andreas des Abends durch den Regen Heim ging. Er hatte den Schirm aufgespannt und trödelte gemächlichen Schrittes nach Hause, lauschte dem gleichmäßig und kräftig vom Himmel herabströmenden Sommerregen, der in den Blättern der Bäume raschelte und etwas sehr Beruhigendes verbreitete. Er mochte diese Momente, wenn er des Tages Last und alle Gedanken fallen lassen konnte, um einfach alles zu beobachten, was ihn umgab und begegnete. Das waren magische Augenblicke, in denen er sich unendlich frei fühlte. Jetzt, da ein honigwarmes Gefühl der Entspannung sein Inneres erfüllte, freute er sich auf ein paar gemütliche Stunden mit seiner Freundin, die ihn sicherlich schon erwartete. Er erinnerte sich in diesem Moment an ihr Telefonat zu Mittagszeit, als Lena anrief. Es hatte ihn den ganzen Nachmittag über beschäftigt, wie sie mit ihm sprach. Lieb, wie immer, aber doch anders als sonst. Da sie ihm trotzdem sehr gelöst vorkam, machte er sich keine ernsten Gedanken, hätte aber zu gern erfahren, was sie so entspannt wirken ließ, denn gesagt hatte sie nichts Konkretes

Ich werde da noch etwas nach bohren, ging es ihm durch den Kopf und so freute er sich heimlich, als er an der Tür klingelte, ein Summen das Schloss öffnete und ihn im Hausflur eine lächelnde Schönheit in die Arme nahm. Er vergötterte diese hübsche Frau, die, als der alte Zausel im Himmel alles Liebenswerte unter den Menschen verteilte, unzweifelhaft mehrfach *hier* gerufen haben musste. Oft fragte er sich, womit er diese Frau wohl verdient hatte und war einfach nur glücklich, sie als seine Vertraute an der Seite zu wissen.

»Wie war Dein Tag?«, fragte sie, als Andreas sie vorsichtig aus seiner Umarmung entließ.

»Der unaufhörliche IT-Wahnsinn. Wer glaubt, das wird sich auch mal wieder beruhigen, irrt gewaltig. Aber lass uns nicht von Software- und Serverproblemen reden. Die holen mich morgen wieder ein. Wie war es bei Dir? Vor allem, wie lief es beim Doc? Hat er denn herausgefunden, worin die Ursache Deiner Schlaflosigkeit liegt?«

»Erzähle ich gleich. Zuerst wird zu Abend gegessen!«

Da war es wieder. Das gleiche Ausweichmanöver wie am Telefon. Wenn Sie dabei nicht so unglaublich lieb wäre, hätte er sich ernsthaft gesorgt, aber so konnte er mit ihrem Verhalten nicht richtig umgehen, wusste nichts mit dieser für sie atypischen Art anzufangen. Doch das sollte sich sehr bald und zu seiner großen Freude ändern, denn auf dem gedeckten Tisch lagen neben seinem

Teller zwei mit größter Sorgfalt verpackte, kleine Päckchen. Eines in roséfarbenem, das andere in hellblauem Papier. Andreas achtete zunächst nicht auf die Farben, hob fragend seinen Kopf und blickte in zwei spannungsgeladene Augen, aus denen ihm ein schalkhafter Blick begegnete.

»Äh, ist etwas Besonderes? Hab ich unseren Hochzeitstag ....? Nein, der ist erst im Dezember. Oder Deinen Geburtstag? Nein, denn der war schon.«

»Mach schon«, entgegnete ihm die blanke Ungeduld, die nie damit zurechtkam, wenn er *nicht in die Pötte kam*, wie sie immer zu sagen pflegte.

Also öffnete er die Päckchen und hatte wenig später ein kleines Auto und ein niedliches Püppchen in den Händen. Jetzt nahm er auch die Papierfarben wahr und brachte für einen langen Moment kein Wort über die Lippen. Lena indessen feierte überglücklich ihren kleinen Triumph, ihren sonst so beherrschten Freund auf dem linken Bein erwischt zu haben. Seine Sprachlosigkeit, sein Staunen und die langsam nass werdenden Augen machten sie überglücklich. Sie hatten sich schon so lang um Nachwuchs bemüht und nun war es endlich soweit.

»In der sechsten Woche und was es wird, weiß ich noch nicht. Das ist erst ab etwa der vierzehnten Woche sicher bestimmbar. Der Arzt sagt, dass alles in bester Ordnung sei. Das Einzige, was wir jetzt tun müssen, ist, uns zu freuen. Eine glückliche Mama ist das

Wichtigste für das neue Leben und der Papa kann dabei sehr behilflich sein!«

Den einigermaßen aufgeregten Wochen, in denen alle Freunde, Verwandte, Nachbarn und Kollegen über die freudigen Nachrichten informiert wurden, begann eine ruhige Schwangerschaft mit all ihren seltsamen Facetten. Lena mochte beispielsweise zunehmend saure Gurken, besonders, wenn sie in Erdbeermarmelade getunkt wurden. Überhaupt schien ihr ihre Figur entgegen früherer Prinzipien vollkommen egal, denn sie futterte, was das Zeug hielt, wohl wissend, dass der ganze Kram des Nachts sowieso rückwärts wieder zum Vorschein kommen würde. Die nächtliche Übelkeit wurde am nächsten Morgen von unterschiedlich intensiven Stimmungsschwankungen abgelöst, sodass Andreas mit all dem nichts Richtiges anfangen konnte. Also floh er tagsüber gern in irgendwelche Spielzeugläden, suchte durchaus auch nach Puppen, trieb sich aber in Erwartung eines Stammhalters auffällig häufig in den Abteilungen für elektrische Eisenbahnen herum. Unklar blieb für Lena, der er regelmäßig von seinen Einkaufserkenntnissen berichtete, ob er die Loks, Hänger und Gleise für seinen Sohn oder für sich kaufen wollte.

»Und wenn es ein Mädchen wird?«, fragte sie ihn zu gern in solchen Momenten.

»Mädchen spielen auch gern mit Eisenbahnen!«, war seine dann immer gleiche Antwort.

Oft, zumeist beim Einschlafen, überlegte er, wovon der Bauch seiner Freundin eigentlich immer runder wurde. War es das irre, keineswegs zimperliche Durcheinanderfuttern seltsamster Speisen oder aber der langsam heranwachsende Nachwuchs. Zuletzt war es ihm egal. Seine Frau war zufrieden und nur darauf kam es an. Die zwei erlebten eine ganz normale und friedliche Schwangerschaft.

Monate später. Lena ächzte häufig über das Gewicht und die Sperrigkeit ihres inzwischen ordentlich runden Körpers, als sie ein höllisches Ziehen im Unterbauch aus dem Schlaf riss. Die Wehen hatten sich in den vergangenen Wochen, zunehmend stärker werdend, angekündigt und in dieser Nacht ganz offensichtlich ihren Höhepunkt erreicht.

»Es ist so weit!«

Sie rüttelte Andreas aus dem Schlaf.

»Wie? Jetzt?«

»Ja! Wir müssen sofort los!«

Eine halbe Stunde später lag Lena im Kreißsaal. Hektisches Treiben um sie herum, unglaubliche Schmerzen im Bauch und Andreas dicht neben ihr mit einer Schere in der Hand, die ihm eine resolut daher kommende Schwester gereicht hatte und deren Verwendung im Zusammenhang mit einer Geburt er sich so gar nicht erklären konnte.

»Sitzen bleiben, festhalten und nichts sagen«, war ihre barsche Order, als er sich klammheimlich aus dem Staub machen wollte.

»Rein geht immer gut, aber beim Raus kneifen. Das habe ich gern«, fuhr sie ihn mahnend, aber keineswegs böse an.

Ihren freundlichen Unterton registrierte Andreas nicht.

Was ist das denn für ein Drachen! Und die will das Kind auf die Welt holen?, dachte er, traute sich aber nicht, sich auch nur einen Millimeter zu bewegen.

Die Geburt verlief zuletzt völlig normal. Die Qualen der Mutter, das Schreien des blutverschmierten neuen Erdenbürgers, die schweißnasse Stirn des Vaters, der sich beim Durchschneiden der Nabelschnur zierte, wie alle Männer, bis der kleine Wurm das Licht dieser Welt erblickte und, kaum, dass er die ersten Atemzüge getan hatte, der in Schweiß gebadeten und von den Anstrengungen und Schmerzen der Geburt völlig fertigen Mutter auf den Bauch gelegt wurde. Lena strahlte, Andreas heulte, das Baby plärrte und die Göttin in Weiß mahnte erneut mit ernstem Blick den Papa:

»Wie ich schon sagte. Rein geht immer gut!«

Andy wich ihrem Blick aus und dachte, dass sie ja trotz ihrer sehr direkten Art eigentlich recht hatte. Wenn man sich aber in den Momenten der Kindzeugung Gedanken über die Geburt und ihre Umstände machen würde, wäre die Menschheit sicher schon ausgestorben. Die Natur hatte es eben so eingerichtet, wie es er ist.

Dann schüttelte er diese Gedanken ab und erlebte im Kreis seiner kleinen Familie einen der glücklichsten Momente in seinem Leben.

In den anschließenden Wochen, die Freude und erste Euphorie war dem Generve der regelmäßig undurchschlafenen Nächte gewichen, wunderte sich Andreas über die himmelblauen Augen seiner Tochter, denn die waren weder in seiner noch in der Verwandtschaft seiner Freundin zu finden. In der Folge beschäftigte er sich intensivst mit der Vererbungslehre der *Mendelschen Gesetze* und lernte, dass es von den Regeln auch immer Abweichungen gab, denn die Natur hielt sich nicht immer an das, was des Menschen Geist herausbaldoverte. Von daher waren immer wieder auch seltsamste Erscheinungen möglich. Also gab er sich damit zufrieden, denn sehr hübsch war ihr Blick mit den wasserblauen Pupillen allemal.

Die Zeit raste nur so dahin und Amy, auf diesen Namen tauften sie das Mädchen, wurde schnell größer, mischte das Leben der Eltern so richtig auf, kam in den Kindergarten, in die Schule, war fleißig, schrieb durchweg gute Noten und war insgesamt ein anständiges, sehr liebes Kind. Als Amy fast dreizehn Jahre alt war, bekam sie eines Abends wie aus dem Nichts heftiges Nasenbluten, das sich jedoch sehr schnell wieder legte, sodass Andreas keinen Notarzt rief. Das Kind hatte sich nirgends gestoßen, war nicht erkältet oder sonst irgendwie krank. Das alles passierte in einem vollkommen entspannten Moment, als sie auf ihrem Bett saß und mit einer Freundin chattete.

»Vielleicht hat sie Stress, sich geärgert oder es geht um einen Jungen«, sagte Andreas, als das Mädchen endlich eingeschlafen war.

»Davon, mein Lieber, bekommt man im übertragenen Sinn eher Herzweh, keineswegs aber Nasenbluten«, antwortete Lena.

»Wir werden auf jeden Fall einen Arzt aufsuchen. Die Ursache muss herausgefunden werden, sonst habe ich keine ruhige Nacht mehr«, führte sie weiter aus.

»Wir wissen es erst seit gestern, doch Amy erzählte, dass sie seit einigen Wochen leichtes Bluten hatte, dass sich allerdings von Mal zu Mal steigerte. Sie maß dem keine größere Bedeutung bei und hielt das alles für keine große Sache, doch die Steigerung am gestrigen Abend zeigte unzweifelhaft, dass sie nicht gesund ist«, sagte Lena, die Händchen haltend neben ihrer Tochter saß.

»Nun wollen wir die Pferde nicht scheu machen« sagte der Arzt, als er in das angsterfüllte Gesicht des Kindes blickte.

»Ich werde Dir jetzt etwas Blut abnehmen, das wir anschließend untersuchen lassen. Du musst keine Furcht haben. Das piekst nur einmal kurz und dann ist es auch schon erledigt« ergänzte er, nachdem er das Mädchen eingehend untersucht hatte.

»Wir sehen uns Freitag der kommenden Woche wieder, denn dann wissen wir mehr und werden sehen, was wir tun müssen. Bis dahin bleibst Du bitte zu Hause und gehst nicht in die Schule. Auf jeden Fall wirst Du wieder gesund werden. Das verspreche ich Dir!«

Rechnen wir es dem Arzt hoch an, dass er dem Mädchen Mut zusprechen wollte, doch hätte er gerade dieses Versprechen besser für sich behalten, denn er hatte keine Ahnung, dass Amy und ihre Eltern am Anfang eines steilen und steinigen Weges standen, an dessen Ende nichts weiter, als der tiefschwarze Schlund eines bodenlosen Abgrunds wartete. Schwärzer noch als das lichtlose Nichts zwischen den Sternen in der Endlosigkeit des Weltraums.

»Amy darf jetzt nicht allein bleiben, denn noch können wir nicht sagen, wann und wie heftig die nächste Blutung auftritt. In diesem Fall rufen Sie bitte rechtzeitig einen Notarzt. Wir überlassen hier bitte nichts dem Zufall«, sagte der Arzt, als er Mutter und Tochter zur Tür begleitete.

Es kamen qualvolle, nicht vergehen wollende Tage des Wartens, in denen Amy dank der ärztlichen Verhaltensanweisungen von weiterem Nasenbluten verschont blieb. Eine Woche später saß die ganze Familie in der Praxis und horchte den Worten des Arztes, der ihnen die sehr komplexen Untersuchungsergebnisse erläuterte.

Er machte ihnen klar, dass Amy ein Nierenleiden hatte, von dem offensichtlich beide Organe betroffen waren, dass die Organe für den Moment noch aktiv waren, in den kommenden zwei bis drei Jahren aber mehr und mehr Ihre Funktionen einstellen würden.

»Was heißt das im Klartext« wollte Andreas wissen.

»Die Blutungen werden in ihrer Häufigkeit und ihrem Ausmaß zunehmen. Letztendlich will ich Sie nicht hinhalten, so hart die Wahrheit auch sein mag. Amy wird beide Nieren verlieren. Entweder, sie bekommt zumindest eine Spenderniere oder sie muss ein Leben lang regelmäßig zur Dialyse«

»Sie bekommt eine Niere von mir« sagte Andy trocken entschlossen und mit der ihm innewohnenden Aufrichtigkeit.

»Oder von mir« kam es aus Lenas Mund.

»Damit habe ich natürlich gerechnet« sagte der Arzt.

»Genau für diese Option habe ich selbstverständlich alles in die Wege geleitet. Wir wollen ja keine Zeit verlieren!«

»Und wie geht es jetzt weiter« fragte Amy schüchtern.

»Ich nehme von Mama und Papa jetzt auch etwas Blut ab. Sehen wir, ob sie auch so tapfer sind wie Du vergangene Woche. Wir wollen jetzt nur herausfinden, von wem Du die meisten Gene bekommen hast. Dann wissen wir, wessen Niere wir Dir geben werden.

»Und dann ?«, fragte das Mädchen weiter.

»Dann musst Du mit Deinen Eltern ins Krankenhaus. Dort bekommst Du einen kleinen Piekser wie neulich. Davon schläfst Du ganz tief ein, träumst was Schönes und wenn Du aufwachst, ist alles erledigt. Während Du schläfst, machen wir dann alles und Deine Eltern sind die ganze Zeit dabei, um auf Dich aufzupassen«

Als er sicher war, dass sich Amy mit den kommenden Dingen beschäftigt, sie verstanden und sich damit abgefunden hatte, wandte er sich noch einmal an Lena und Andreas.

»Wir entnehmen zunächst ein Organ und sehen, wie der Körper des Mädchens mit der neuen Niere zurechtkommt. Mit etwas Glück könnten wir durch diesem Eingriff entscheidend vorankommen und ihre andere Niere medikamentös behandeln. Im negativen Fall entnehmen wir dann etwas später auch diese. Auf jeden Fall kommt Amy auch sehr gut mit einer Niere durchs Leben. Da muss sich niemand irgendwelche Sorgen machen!«

Anschließend entnahm er beiden Elternteilen das erforderliche Blut und begleitete die Familie ein weiteres Mal zur Tür, wo er sich von ihnen verabschiedete und versprach, sich in den nächsten drei Wochen zu melden.

Doch mit der ärztlichen Diagnose hatte das Drama noch nicht volle Fahrt aufgenommen. Das tat es, als genau achtzehn Tage später das Telefon klingelte, eine freundliche Arzthelferin anrief und die Eltern ohne Amy zu einem Besprechungstermin in die Praxis lud. Einigermaßen unruhig fuhren Andy und Lena los, nachdem sie ihre Tochter zu ihrer Großmutter gebracht hatten.

»Ich weiß nicht, wie ich es Ihnen erklären soll« druckste der sonst so selbstsichere und wortgewandte Arzt herum.

»Was ist los« fragte Lena nervös und entschieden.

»Bitte sagen Sie uns, was los ist. Es muss doch sowieso heraus. Warum also diese Hinhalterei?«, forderte Andreas.

»Okay«, antwortete der Arzt.

»Amy kann keine Niere von Ihnen bekommen, denn sie ist keinesfalls ihre Tochter!«

»Was sagen Sie da?«, polterte Andreas ärgerlich los, während Lena erschrocken keinen Ton über die Lippen bekam.

»Ein Irrtum ist absolut ausgeschlossen. Alles wurde mehrfach überprüft und ein Vertauschen ihrer Blutproben ist definitiv ausgeschlossen. Es bleibt dabei. Das Mädchen ist nicht ihre Tochter.

»Das Kind trägt keinerlei Gene von Ihnen beiden in sich!«

Andy und Lena schauten sich ungläubig an. Sie konnten einfach nicht begreifen, was gerade an ihre Ohren gedrungen war. Die Worte des Arztes verschlugen ihnen die Sprache, machten sie bewegungsunfähig, raubten den beiden geradezu den Verstand. Bald aber setzte Lenas Denken wieder ein.

»Ich habe doch aber dieses Kind neun Monate in mir getragen und zur Welt gebracht. Herr Doktor, Sie müssen sich einfach irren, denn unmittelbar nach der Geburt hat man mir den Säugling auf den Bauch gelegt. Was Sie da sagen, kann schlichtweg nicht sein!«

»Zu diesem Zeitpunkt war es tatsächlich ihre Tochter, doch später muss es auf der Neugeborenenstation zu einem Problem gekommen sein. Die Babys bekommen dort ein kleines

Armbändchen mit ihrem Namen drauf. Vermutlich kam es bei ihrem und einem anderen Säugling zu einer Verwechslung, zu einem Irrtum, ganz sicher aber nicht absichtlich. Ich vermag das nicht zu klären, weiß aber, dass so etwas sehr selten, aber manchmal doch vorkommt. Was ich mit Bestimmtheit weiß, ist, das Amy nicht Ihr Kind ist. Daran gibt es keinen Zweifel!«

Lena kullerten Tränen übers Gesicht. Sie wandte sich zu Andreas und sagte mit zitternder Stimme:

»Ich liebe unsere Tochter über alles und ich gebe sie nicht her. Niemals. Auf gar keinen Fall!«

Er war ruhiger, gefasster und erinnerte sich an seine frühen Zweifel wegen der hellblauen Augen. In ihm dämmerte nach und nach die grausige Wahrheit, dass sie ein fremdes Kind groß gezogen hatten. Das aber änderte nichts an seiner Zuneigung und Liebe zu dem Mädchen. Und doch. Ihm wurde klar, dass er mit Amy und Lena ein sehr sehr schweres Paket trugen und er hatte überhaupt keine Vorstellung , wo dieser Weg wohl enden würde.

Dass aber erklärte ihnen der Rechtsanwalt, dem sie Tage später gegenüber saßen. In der Zwischenzeit hatten sich die Eltern darauf geeinigt, Amy zunächst nichts zu sagen, denn die Wahrheit musste erst vollständig geklärt werden. Was dann kommen würde, sollte noch dramatisch genug und für alle unerträglich werden. Es waren für beide geradezu qualvolle Tage, ihre Emotionen vor Amy unterdrücken zu müssen und selbst nicht ein noch aus zu wissen.

Dann hörten sie die nächsten bitteren Worte.

»Die Rechtslage ist eindeutig. Wenn ich das andere Elternpaar ermitteln kann, müssen die Kinder in ihre Familien gegeben werden. Das ist sehr schlimm. Ich weiß, aber es wird so sein. Das tut mir wirklich leid, aber ich kann und darf Ihnen nichts anderes sagen oder falsche Hoffnungen machen. Geben Sie mir also etwas Zeit. Ich werde mich melden, wenn ich etwas Neues habe!«

Wie erschlagen kauerten die Eltern wortlos nebeneinander, als Amy am Abend eingeschlafen war.

»Es ist an der Zeit, dass wir uns vor unserer Tochter öffnen. Wir müssen sie auf das Kommende vorbereiten. Da führt wohl kein Weg mehr dran vorbei«, brachte Andy mit erdrückter Stimme hervor und musste erleben, wie Lena in einem Meer aus Tränen eher zu Ertrinken drohte. Soweit es ihm möglich war, versuchte er, sich zusammenzureißen. Das gelang ihm jedoch auch nur noch einen Moment.

Es vergingen etwa drei Wochen, bis sie erneut im Büro des Rechtsanwalts saßen. Ebenfalls anwesend war eine Vertreterin des Jugendamtes, die fortan in alles Weitere einbezogen werden musste.

»Am Tag der Geburt Ihrer Tochter kamen im hiesigen Krankenhaus nur zwei Mädchen zu Welt, sodass es keine große Sache war, das andere Elternpaar zu ermitteln!«

Mehr brauchten Lena und Andreas nicht mehr zu hören, denn sie wussten, dass sie Amy hergeben mussten. Insgeheim hatten sie gehofft, der Anwalt würde weniger erfolgreich sein, geglaubt haben sie es aber nicht ernsthaft.

In den nächsten Wochen gab es dann verschiedene, sehr umfangreiche Formalitäten, es wurden DNA-Untersuchungen beider Kinder durchgeführt, die zuletzt absolute Klarheit brachten. Erste, endlos lange Telefonate mit den anderen Eltern, Besuche, gegenseitiges Kennenlernen und übergroße Angst auf beiden Seiten. Doch schon sehr bald und viel zu schnell überholte die Wahrheit alle Beteiligten.

Vita des Autors:

Geboren wurde Thomas Märtens im Januar 1956, arbeitete 44 Jahre bei der Polizei in Braunschweig und wohnt im Landkreis Peine, Niedersachsen.

Die Kunst insgesamt, im Besonderen aber die Literatur, die Fotografie und die Musik, interessieren und begleiten ihn seit frühester Jugend.

Als großer Fan und auf den Spuren von Charles Dickens, Patrick Süsskind, John Steinbeck aber auch Cormac McCarthy, begann er vor einigen Jahren, selbst Geschichten zu schreiben und zu veröffentlichen.

In seinen äußerst facettenreichen Geschichten verflechtet er sehr unterhaltsame Handlungsstränge aus lebensnahen, sozialkritischen, politischen und wissenschaftlichen Ereignissen, die in Teilen auch autobiografische Elemente in sich tragen. Er lässt sich auf kein bestimmtes Genre wie Fantasie oder Thriller festlegen, wodurch seinen Geschichtssammlungen, gespickt mit einer Mischung aus philosophischen Betrachtungen und satirischen Elementen eine besonders abwechslungsreiche Färbung erhalten.

Mit diesem Buch veröffentlicht er seinen nächsten, vorerst letzten, Kurzgeschichtenband und knüpft inhaltlich genau dort an, wo er in „Die Zeit hat keine Bremsen" begonnen und mit „Weiß ist der Schnee" aufgehört hat.

Als Nächstes werden von ihm zwei bereits in Arbeit befindliche Romane zu lesen sein.

Veröffentlichungen:
„Die Zeit hat keine Bremsen", Erzählungen
Veröffentlicht bei Books on Demand (BoD) (2018) www.bod.de

„Weiß ist der Schnee", Kurzgeschichten
Veröffentlicht bei Books on Demand (BoD) (2019) www.bod.de

„Was Ihr nicht seht", Kurzgeschichten
Veröffentlicht bei Books on Demand (BoD) (2020) www.bod.de

Beteiligung Anthologien der Autoren im Netzerwerk

www.autorenimnetzwerk.de

„Spannung, Liebe, Abenteuer"

Veröffentlicht im Telegonos-Verlag (2019) www.telegonos.de

„Geschichten unterm Weihnachtsbaum"

Veröffentlicht im Telegonos-Verlag (2020) www.telegonos.de /
Book on Demand www.bod.de

Beteiligung Anthologie des Literaturzirkels Peine

www.literaturzirkel-peine.de

„Blütenlese"

Veröffentlicht bei Books on Demand (BoD) (2020) www.bod.de

Kontakt mit dem Autor:

Media: Facebook, Instagram

E-Mail: t_maertens@t-online.de